천예무황

원생 新무협 판타지 소설

FANTASTIC ORIENTAL HEROES

천예무황 2

원생 新무협 판타지 소설

초판 1쇄 찍은 날 § 2014년 4월 25일
초판 1쇄 펴낸 날 § 2014년 5월 2일

지은이 § 원생
펴낸이 § 서경석

편집부장 § 권태완
편집책임 § 박가연

펴낸곳 § 도서출판 청어람
등록번호 § 제387-1999-000006호
등록일자 § 1999. 5. 31
어람번호 § 제2-2493호

주소 § 경기도 부천시 원미구 부일로 483번길 40 서경B/D 3F (우) 420-822
전화 § 032-656-4452 팩스 § 032-656-4453
http://www.chungeoram.com
E-mail § chungeorambook@daum.net

ⓒ 원생, 2014

ISBN 979-11-316-9013-0 04810
ISBN 979-11-316-9011-6 (세트)

천예무황

원생 新무협 판타지 소설

FANTASTIC ORIENTAL HEROES

2

도서출판 청어람

제1장
주망배광(蛛網背光)

칠강문 지하. 꽤 넓은 석실.

사방 벽에 켜놓은 유등이 은밀한 그림자를 만들어내고 있는 가운데, 시체를 담는 관 같은 것 대여섯 개가 원을 이루며 놓여 있다.

"문이 뚫렸습니다."

얼굴을 가린 복면인 하나가 관 옆에 서 있는 노인에게 공손히 말을 전하였다.

"철문이 뚫렸다?"

까마귀가 짖는 듯한 높고 갈라지는 음색이 노인의 성대를 타고 석실로 흘러나왔다.

"몇이나 왔더냐?"

"하나라고 들었습니다."

"하나?"

"네."

"그래?"

유등의 불빛 탓인지 유달리 누렇게 보이는 노인의 손이 관 같은 상자 위를 쓰다듬었다.

아무렇게나 길게 자란 머리카락과 피부만큼 누런 손톱이 기이한 느낌을 자아내는 노인. 화상이라도 입은 듯 일그러진 얼굴 아래로 늘어진 살이 보기에 역겨웠다.

"만년한철로 된 철문을 뚫었단 말이지?"

생각에 잠긴 듯한 노인의 낮은 목소리가 음산히 들렸다.

"호홍."

독특한 감탄사가 입 밖으로 나왔다.

"아이들 먹잇감으론 더없이 좋은 것이 굴러왔구나."

"고수입니다. 위험하진 않을까요?"

복면인이 염려를 표했다.

아까부터 뒤통수가 간지러운 게 영 마음이 편하지 않았다.

"그리 생각하느냐?"

"얕볼 수 없는 상대인 것 같아서……."

"기우로다."

관을 쓰다듬던 노인의 손이 움직임을 멈췄다.

"이 아이들 역시 그만한 재주는 갖고 있느니. 오히려 세상에 첫발을 내딛는 이 아이들에게 더없는 훌륭한 선물이 될 것이야. 호홍. 어쩌면 평생 두 번 보기 힘든 재밌는 광경을 볼 수 있을지도 모르겠구나."

노인의 누런 안광 안으로 기이한 열기가 일렁였다.

"너희는 모두 나가거라. 한 놈이 들어왔다면 또다시 오는 놈이 없다고 장담 못할 것이니. 이곳은 이제 버릴 때가 된 듯하구나."

"알겠습니다."

"기다리지 말고 먼저 떠나라. 나는 잠시 재밌는 구경을 하고 갈 터이니 그곳에서 다시 보자꾸나."

"괜찮으시겠습니까?"

복면인이 재차 염려를 전했다.

노인을 걱정함은 아니었다.

그도 중요했지만, 나무 곽 안에 들어 있는 물건들이 그에겐 더 소중했다.

만에 하나라도 잃게 된다면 그가 굳이 이곳까지 온 보람이 없어진다.

"의심하는 것이냐?"

노인의 누런 동공이 노기(怒氣)를 품었다.

"내가 당할까 봐? 아니, 이 아이들을 잃을까 봐?"

노인이 복면인의 속내를 읽었다.

"그게 아니라 전 다만 걱정이⋯⋯."

"헛소리!"

노인이 복면인의 말을 끊었다.

주름진 얼굴이 붉어졌다.

"끊어졌던 제련을 잇게 해준 것에 대해서는 분명 고맙게 여기고 있다. 하나!"

노인의 주변으로 누런 기운이 스멀스멀 피어났다.

독연(毒煙)처럼 피어오르는 노인의 기운에 복면인은 숨을 쉬기가 힘들었다.

"주제 넘는 간섭은 생각 말아라. 그것은 너뿐만이 아니라 네 상전 또한 마찬가지니. 덕은 보았으나 우리가 아직은 완전히 한마음은 아님이니라."

노인의 어조는 단호했다.

"알겠습니다."

더 이상 비위를 건드릴 용기는 없었다.

"거기서 뵙죠."

복면인이 마지막 말과 더불어 유령처럼 모습을 감추었다.

"흥. 감히 제 놈들이 나를 다스리려 들어? 어림없는 생각이지."

노인이 코웃음을 치며 복면인이 떠난 자리를 노려보았다.

비위가 상한 듯 추악한 얼굴에 주름이 짙어졌다.

서로 간에 이해가 맞아 함께 일을 하고는 있지만, 그들과 자신은 주종의 관계에 있지 않았다.

드러내 놓고 표현하지는 않았지만, 저들이 갖고 있는 생각이 어떤 것임을 노인은 모르지 않았다.

손은 잡되 그들의 뜻대로 순순히 움직여 줄 마음은 없었다.

제련은 끝났고, 급한 건 그들이었다.

노인은 철저히 갑의 지위를 누려볼 생각이었다.

"갑잖은 것들."

노인이 심통 맞은 표정으로 석실 입구를 쳐다보았다.

기분이 언짢은 탓이다.

하나 구겨진 인상은 그리 오래가지 않았다.

그를 기다리고 있는 유흥거리로 다시 관심이 넘어가니 노했던 마음이 눈 녹듯 녹아버렸다.

"호홍."

징그러운 미소가 피어올랐다.

재밌는 장난감을 선물 받은 아이처럼 노인은 즐거워했다.

"만년한철을 넘은 놈이란 말이지? 호홍. 아주 귀한 손님이 오셨구나."

이가 거의 다 빠져 합죽한 입이 기쁜 마음을 대변하며 길게 늘어졌다.

"손님이 오시는데 가만히 앉아 기다리는 것은 예의가 아니겠지? 섭섭하지 않게 제대로 준비를 해놓아야겠군."

혼잣말을 하던 노인이 석실 입구로 걸음을 옮겼다.

입구 근처의 벽 어딘가를 건드리자 한쪽 벽이 움푹 꺼지면서 사람 하나 드나들 공간이 생겨났다.

굽은 어깨와 느린 걸음으로 노인이 벽 뒤 숨은 공간 안으로 몸을 감추었다.

그그긍.

벽이 닫히고 석실은 원래대로 다시 돌아왔다.

노란 안개가 자욱한 석실 안, 일렁거리는 유등의 그림자 아래로 관처럼 생긴 것들만 남아 있다.

*   *   *

좁고 긴 통로 끝으로 불빛이 보인다.

어차피 외길이라 설운은 전방의 불빛을 향해 전진을 계속했다.

'고약하군.'

불빛에 점점 다가갈수록 고약한 냄새가 후각을 자극했다.

차마 맡기 힘든 고약한 냄새였다.

'대체 앞에 뭐가 있기에 이런 썩은 냄새가?'

머릿속까지 울리는 역겨운 냄새에 설운은 인상을 쓰며 걸음을 옮겼다.

평생을 살며 단 한 번도 맡아보지 못한 최악의 냄새였다.

쓰레기, 인분, 음식 썩는 냄새…… 그 어떤 것을 떠올려도 비교될 만한 것이 없었다.

'지독하군. 마치……'

문득 떠오르는 생각.

'그래.'

설운의 동공에 붉은 불길이 솟으며 혈령마기가 설운의 주변을 감싸듯 뒤덮었다.

생각만으로도 혈령마기가 저절로 반응을 보인 것이다.

귀전에 관한 정보에서는 이런 고약한 냄새를 풍기는 것을 찾을 수 없었다.

하나 대상을 마각으로 바꾼다면 설운이 익히 들은 것 하나가 있었다.

'마령시(魔靈屍).'

설운도 실제로 본 적은 없지만 그 실체에 대해선 충분히 들어 알고 있었다.

'맞을까?'

하지만 확신할 수는 없었다.

귀전의 터에 마각의 귀물(鬼物)이라.

어울리지 않았다.

마신궁을 중심으로 마각, 귀전, 요당은 대척점에 있었다.

한 하늘 아래 공존할 수 없는 불능대천의 관계가 마신궁과 나머지의 관계였다.

그러나 그 말이 마각과 귀전, 요당이 같은 편이라는 말은 아니다.

공통의 적을 두고 있으되 그들은 그들대로 철저하게 서로 반목하는 사이였다.

연합이 불가능한 사이, 그들은 그런 관계였다.

설운의 판단에 지하 통로의 기관은 귀전의 것이 맞았다.

마각이라면 사람을 두지 기관으로 적의 침입을 대비하진 않는다.

한데 풍기는 냄새는 귀전과의 연관성을 부정했다.

관련지을 수 있는 것은 마령시 특유의 고약한 냄새뿐이었다.

'그럼?'

설운이 뭔가를 떠올리다가 이내 고개를 저으며 생각을 부정했다.

세상에 절대라는 말은 함부로 쓰이지 않는 말이다.

하지만 귀전과 마각은 절대 함께할 수 있는 사이가 아니었다. 차라리 해가 서쪽에서 뜨기를 바라는 것이 현실적일 만큼.

앞뒤가 맞지 않는 상황에 설운은 머리가 지끈거렸다.

원래 추리나 추론에 익숙하지 않는데다 냄새까지 진동하니 몸이 거부 반응을 일으키는 것이다.

'에이.'

설운이 보폭을 넓히며 혈령검을 꺼내 들었다.

생각을 접고 앞만 바라보았다.

악취의 원인은 곧 드러날 것이다.

잠시 후면 밝혀질 뻔한 답을 두고 괜히 머리 쓰며 고민할 필요는 없었다.

'일단 부딪쳐 보고.'

그냥 하던 대로 하는 것이 맞는 것 같았다.

좁은 입구를 지나자 꽤 넓은 석실이 설운을 맞이했다.

유등 아래로 관 같은 상자가 보이고, 주변으로 노란 안개 같은 것이 가득 차 있다.

악취의 출처는 그것이었다.

드르르르르.

잔잔한 진동으로 떨리는 상자 안에서 악취가 풀풀 새어 나왔다.

관처럼 생긴 상자와 풍기는 악취.

'정말 마령시인가?'

아무래도 마령시가 맞는 것 같았다. 그것도 한둘이 아닌 다섯 구의 마령시.

일이 점점 귀찮아지고 있었다.

*　　　*　　　*

누런 손톱의 노인은 석실 옆 비밀스런 공간에서 석실 안을 몰래 훔쳐보고 있었다.

석실로 들어온 이가 생각보다 젊은 청년인 것이 가벼운 놀람을 가져다주었지만, 생기 넘치는 청년의 피와 살이 사방에 흩뿌려질 것을 생각하니 오히려 기분만 더 좋아졌다.

자신이 훔쳐보고 있는지도 모른 채 청년이 나무 관으로 다가가는 것이 보인다.

긴장한 듯 굳은 청년의 얼굴이 살심을 부추겼다.

'좋아, 좋아.'

곧 펼쳐질 살육의 현장을 상상하며 노인은 품속에서 피리를 꺼내 들었다.

환령소적(換靈小笛)이라 이름 붙인 나무 피리는 반 자 길이의 아주 작은 것으로 짙은 갈색에 마신상이 정교하게 음각되어 있었다.

피리를 불면 마령시가 깨어난다.

그와 동시에 마령시의 사령과 자신의 생령이 교감을 일으키며 자신의 뜻대로 마령시가 움직일 것이다.

노인이 천천히 피리를 입으로 가져갔다.

급히 죽이고 싶진 않았다.

삼십 년을 기다린 결과가 이제 눈앞에 펼쳐질 텐데 그 고대하던 순간을 가벼이 흘려보내고 싶지 않았다.

그래서 노인은 서두르지 않았다.

허공을 지나는 달의 운행처럼 노인의 행동은 느리고도 느렸다.

진귀한 음식을 앞에 두고서 한 점 한 점 그 맛을 음미하는 사람처럼 노인은 느긋하게 상황을 즐겼다.

피리 끝이 녹은 듯 허물어진 입술 끝에 닿았다.

혀로 살짝 피리 구멍을 적시고는 가볍게 입에 물었다.

노인의 눈에 노란 살기가 돌았다.

기다리던 때가 온 것이다.

[해봐.]

'뭐야?'

피리를 입에 물던 노인이 대경했다.

갑자기 들리는 목소리.

영혼을 울리는 듯한 또렷한 목소리가 귀가 아닌 머리로 울려 퍼졌다.

좋지 않은 불길함이 엄습해 왔다.

'심어(心語)라니.'

심어, 육성이 아닌 마음의 소리.

무위가 삼화경을 넘어야 거우 시전이 가능하다는 천인의 공능.

'이거 잘못하다가는.'

자칫 마령시가 다칠지도 모르겠다는 생각이 들었다.

삼화경에 이른 고수라 해서 마령시가 재기 불능의 상태에 이르는 것은 아니겠지만, 삼십 년 제련 끝에 처음으로 세상

구경을 하는 마당에 나오자마자 불필요한 피해를 입고 싶진 않았다.

청년을 보는 노인의 눈빛이 좀 전과 달라졌다.

생각 이상의 무위를 가진 청년. 만만히 여길 상대가 아니었다.

[여전히 상황 파악이 안 되나봐?]

심어가 다시 들리고, 관을 보던 청년이 고개를 돌려 자신과 눈을 마주쳤다.

우연히 돌린 시선이 부딪친 게 아니라 정확히 자신을 본 것이다.

씨익.

그리고 미소.

세상 그 무엇보다도 사악한 미소.

이글거리는 동공 속으로 웃고 있는 마신의 그림자가 일렁거렸다.

"그럴 리가!"

노인이 경악에 가까운 고함을 지르며 저도 모르게 뒤로 한 걸음 물러섰다.

온몸이 부들부들 떨렸다.

"아니야. 말도 안 돼."

짐작되는 정체를 부정하던 노인의 눈에 청년의 손에 들린 검이 보였다.

온통 피 칠을 한 듯 붉은 검. 검신도 검병도 선홍의 짙은 색으로 요요히 빛나고 있는 마검.

"혈령!"

자신을 보며 웃고 있던 청년이 고개를 돌려 관을 향했다.

"안 돼!"

노인이 비명을 지르며 급히 피리를 입에 대고 불었다.

삐이이이익!

폭발하듯 관 뚜껑이 터져 나갔고, 다섯 구의 시체가 그 안에서 모습을 드러냈다.

동공이 있어야 할 자리에 시퍼런 귀광(鬼光)을 번뜩이며 서서히 몸을 세우는 시체들.

삼십 년의 세월 동안 온갖 고생을 다 겪으며 제련해 온 마령시다.

'이런 육시랄. 죽었다며? 몇 년 전에 칼침 제대로 먹고 지옥으로 꺼졌다며? 그런데 어찌?'

노인의 눈에 다급함이 어렸다.

자신의 짐작이 맞는다면 삼십 년 적공(積功)이 한순간에 날아갈지도 모른다.

'어떻게든, 어떻게 해서든.'

막아야 했다.

저 사악한 악귀로부터 마령시를 지켜야 했다.

'왜 하필 이 순간에…… 왜 하필 네놈인 것이냐?'

노인은 속이 탔다.

마신궁주만 아니면 된다.

혈령만 아니면 된다.

천하에 수많은 무림 고수가 있다고는 하지만, 그 둘을 제외하고 마령시를 감당할 고수는 없다.

그것이 노인의 생각이었고, 얼추 맞는 얘기였다.

'내가 자만했구나.'

뒤늦은 탄식이다.

보통의 무인이 한철로 된 문을 깨뜨리기는 어려울 것이지만, 그 주인공이 혈령일 것이라고는 꿈에도 생각지 못했다.

"이런 빌어먹을!"

다 된 밥에 코가 빠졌다.

노인이 광분하며 급히 석실을 나섰다.

*   *   *

마령시 하나가 설운을 향해 몸을 날렸다.

잔영을 뒤로 쭉 흘리며 설운의 심장을 노리고 달려들었다.

생김새에 어울리지 않게 실로 전광석화와 같은 빠르기였다.

살이 거의 없어 뼈가 다 드러난 손 위로 검게 물든 손톱이 날카롭게 빛났다.

"꽤애애애액!"

살념만이 가득 차 있는 마령시가 기괴한 소리를 질렀다.

추악한 용모에 기괴한 목소리는 한밤 길을 걷다 만난 월하의 귀신보다 더 흉측하고 공포스러웠다.

손톱에 배어 있는 극독은 스치기만 해도 상대를 한 줌 핏물로 만들 수 있을 만큼 치명적인 것이다.

거기에 한철을 종잇장처럼 찢어발길 수 있는 손톱의 강도는 어지간한 신병이기를 능가한다.

마주치면 맞서 싸우는 것보다 피해 도망가는 것이 상책인 것이 마령시였다.

그러나 설운은 자신을 향해 다가오는 마령시를 담담히 보고 있을 뿐이다.

얼굴에 살짝 어린 것은 귀찮음. 두려움은 아니었다.

삐이이이익!

피리 소리가 또 한 번 울리고 다른 마령시들 또한 설운을 향해 신형을 날렸다.

물살을 거스르는 연어처럼 날렵하게 다가간 마령시들이 설운의 목숨을 노렸다.

손으로 설운을 잡아채 가는 놈이 있고, 입을 한껏 벌린 채 설운을 깨물려고 덤벼드는 놈도 있었다.

덤벼드는 모양은 제각각이었지만, 다섯의 마령시는 설운의 오방(五方)을 점하며 그를 궁지로 몰아넣고 있었다.

마령시에 둘러싸인 설운은 그 몸조차 제대로 보이지 않았다.

금방이라도 피와 살이 뒤로 터져 나올 것만 같은 상황이다.

'제발.'

노인은 간절했다.

기름진 먹잇감을 눈앞에 두고 여유를 부리던 포식자에서 졸지에 먹잇감으로 둔갑해 버린 불쌍한 노인은 걱정에 몇 안 남은 머리카락이 우수수 떨어지는 줄도 모르고 발만 동동 굴렀다.

앞에 보이는 청년이 진정 혈령이 맞다면 결과는 이미 확정된 것이나 다름없었다.

마신궁의 혈령은 단순히 마신궁의 한 제자를 일컫는 말이 아니었다.

그는 사람이되 곧 마신궁의 검이니 그가 가진 혈령의 마기는 마각과 귀전, 요당의 무공과는 절대 상극에 있는 천적과도 같은 무공이다.

마각과 귀전, 요당이 마신궁과의 싸움에서 그토록 밀려야 했던 절대적인 이유가 바로 혈령의 존재였다.

지난 세월, 혈령을 잡기 위해 대를 이어가며 무공을 개발하고 대책을 세웠지만 혈령은 언제나 그들의 예상을 빗나갔다.

게다가 당대 혈령은 그 무공의 성취가 이전 그 어느 혈령보다 뛰어난 놈이었다.

능히 마신궁주와 자웅을 겨룰 만하다는 얘기가 나돌 정도로.

사람이되 사람이 아닌 그 마신의 후손과 말이다.

콰콰쾅!

요란한 폭음이 터지고 석실 내부에 먼지가 가득 피어올랐다.

삐이이이이!

보나마나 뻔한 결과일 것임을 예상한 노인이 새로운 명을 내렸다.

삼십 년이란 긴 세월을 이 좁은 토굴 안에서 마령시를 제련한 것은 한 번 써먹고 버리기 위함이 아니었다.

어떻게든 살려야 했다.

마령시의 용도는 다른 곳에 있으니, 이곳에서 제대로 써먹어보지도 못하고 사장시킬 순 없었다.

치고 빠지기.

노인의 의도는 그러했다.

*　　　　*　　　　*

칠강문 밖을 지키고 있던 조승 일행의 기감에 움직이는 존재들이 포착되었다.

은밀히 은신한 채 그 움직임을 주시하던 을조 무인들이 몇 번의 전음을 주고받은 끝에 은신처에서 밖으로 모습을 드러냈다.

칠강문을 빠져나오는 적은 모두 스물하나. 만만치 않은 기세였지만 이쪽 또한 흔하게 볼 수 있는 무인은 아니었다.

오히려 수적 우세는 이쪽이 쥐고 있으니 해볼 만하다는 판단이 섰다.

"쳐라!"

공격 명령이 떨어지고 검과 몸이 하나가 된 채 무인들이 허공을 가로질렀다.

"적이다!"

누군가 외치는 소리가 들렸고, 칠강문을 조심스레 빠져나오던 일단의 무인이 저마다 병기를 쥐고 다가오는 상대에 맞부딪쳐 갔다.

채채챙!

검과 검이 맞부딪치고,

쾅쾅쾅!

경력과 경력이 충돌했다.

늦은 오후, 잔잔한 마을을 깨우는 거친 함성과 병장기 소리에 조용하던 시골 마을이 북적이며 시끄러워졌다.

다음이 없는 생사의 결전이었다.

죽이지 않으면 죽게 되는 극단의 대결이었다.

"크악!"

곳곳에서 비명 소리가 들리고, 시뻘건 선혈이 봄날 나른하던 대지 위로 흩뿌려졌다.

"윽!"

단말마가 울리고, 한 명의 목숨이 이승에서 사라졌다.

적아의 우세를 점치기 힘든 급박한 전개 속에 양 진영은 목숨을 담보로 결전을 벌이고 있다.

"밀리지 마라!"

복면을 한 사내가 무인들을 독려했다.

수는 불리했지만 개개인의 기량이 상대보다는 조금씩은 나았기에 최대한 버텨주기만을 바랐다. 더구나,

'마령시가 오면.'

일거에 정리될 상황이다.

그때까지만 버텨주면 되는 것이다.

"으득."

복면인이 이를 꽉 물고 검병을 고쳐 잡았다.

살심이 크게 동했다.

"크윽!"

짧은 비명성과 함께 다리에 부상을 입고 바닥을 뒹구는 수하가 보인다.

대적하는 상대는 그것을 놓치지 않고 마지막 숨통을 끊기 위해 재차 검을 찌르고 있었다.

"이놈!"

복면인의 장포가 크게 부풀어 오르고, 좌장에서 강한 위력의 경력이 발출되었다.

으르릉.

피하기 힘든 막대한 장력이 검을 든 을조 무인의 옆구리를 향했다.

그 순간, 어디서 나타났는지 중년 사내 하나가 크게 검을 휘두르면서 장의 경력을 해소해 버렸다.

"커억!"

속절없이 숨통을 찔려 버린 수하의 비명이 들렸다.

"감히!"

씹어뱉듯 차갑게 말을 던지며 복면인이 자신의 장력을 가로막은 이를 노려보았다.

작은 체구에 보잘것없는 외모, 팔이 길어 어딘가 우스꽝스럽게 생긴 볼품없는 사내가 검을 다시 검집에 넣고 있다.

조승이었다.

"내 장력을 해소하다니 제법 한 수가 있는 놈이로구나. 무명소졸은 아니겠고, 이름이나 알자."

복면인이 서늘한 기세를 풍기며 조승의 정체를 물었다.

"허허, 참."

조승이 너털웃음을 터뜨렸다.

"세상에는 비밀이란 게 있어서 말이지. 함부로 이름을 말하긴 심히 곤란하오. 나도 입장이란 것이 있으니. 그리고……."

조승의 턱이 들렸다.

"너, 언제 봤다고 반말이냐?"

웃던 조승의 표정이 바뀌었다.

"재밌는 놈이로구나."

"별로 안 그런데?"

조승이 이를 드러내며 적의를 표했다.

"하긴 내가 묻어줄 것도 아니고, 이름 따위가 무슨 소용이
랴."

복면인이 천천히 검을 세워 들었다.

서늘한 기세에 검의 기운까지 더해지니 조승은 마치 한빙
굴에 들어선 듯한 느낌이 들었다.

조승이 자세를 낮추며 발검식을 취했다.

스으으으.

조승을 중심으로 날카로운 기세가 거미줄처럼 펴져 나갔
다.

보일 듯 보이지 않는 은은한 기의 그물은 삽시간에 조승과
복면인을 한 그물 안으로 몰아넣었다.

복면인이 범상한 인물이 아님을 파악한 조승이 처음부터
최선의 절초로 상대하려는 것이다.

'주망(蛛網)?'

복면인의 얼굴에 진지함이 서렸다.

거미줄을 닮은 독특한 기사(氣絲)를 보니 떠오르는 인물이 하나 있었다.

'그렇다면 저놈은.'

상대가 누군지 알 것 같았다.

"주망배광(蛛網背光)."

복면인이 조승의 정체를 파악한 듯 고개를 끄덕였다.

"조승이로군."

복면인의 읊조림에 조승의 눈에 이채가 띠었다.

정체에 대한 의혹과 의심이 피어올랐다.

"영광이오. 점창일검(點創日劍)을 이런 자리에서 보다니."

복면 뒤의 얼굴에서 만족감 어린 음성이 들렸다.

점창일검 조승.

일검(日劍)이란 별호처럼 점창의 독문 쾌검 점창사일(點創 射日)을 극의에 가깝게 익힌 점창파의 고수가 바로 그였다.

강호엔 잘 알려져 있지 않았지만, 점창파 최고수 중 일인이자 머지않은 장래에 점창을 대표하는 검객으로 세상에 위명을 울릴 것이 확실시되는 인물이며, 점창사일을 자신만의 독특한 해석으로 주망배광이란 극단적 일초 검식으로 발전시킨 사내가 바로 조승이었다.

하나 점창 제자를 제외하고 그의 존재를 아는 사람 자체가 별로 없는데, 복면인은 그의 검을 보고 한눈에 조승의 정체를 알아보았다.

"내 검을 안다?"

조승의 눈이 그윽이 가라앉았고, 살기는 더욱 짙어졌다.

복면인은 분명 정파인, 그중에서도 상당한 지위에 있는 자가 분명했다.

각 문파에 숨어 천하를 혼란에 빠뜨리는 자들. 복면인은 회가 찾던 배자(背子) 중 한 명임에 분명했다.

기망이 점점 범위를 좁히며 아래로 내려앉았다.

"복면 뒤의 얼굴이 궁금하군. 대체 누구이기에 나를 아는지."

차가운 목소리. 그 어느 때보다 진지해진 조승의 얼굴이다.

"아마 힘들 것이오. 비록 내 얼굴이 잘생기진 않았지만 함부로 남에게 보여줘도 될 만큼 싸구려는 아니라서 말이지."

말을 하는 복면인의 장포가 부풀어 올랐다.

오른손에 들린 검이 천천히 하늘로 향하고 있다.

몸에 대한 방어 없이 완전히 개방된 모습. 절대적인 공격자세였다.

"한 수 부탁하오."

보이진 않았지만 복면인은 웃고 있었다.

무인으로서 위치에 맞는 상대를 만난다는 것은 일종의 행운과도 같은 일이다.

처한 위치만 아니었다면 함께 술을 나누며 논검이라도 하고플 만큼, 조승은 흔히 볼 수 있는 강호 고수가 아니었다.

자신에겐 더없이 딱 맞는 상대. 조승은 말 그대로 호적수였다.

조승의 얼굴에서 표정이 아예 사라졌다.

외모와 다르게 섬세하고 긴 손가락이 검병 위에 가볍게 얹혀 있다.

찰나를 가를 일 초 승부가 시작된 것이다.

스으읏.

조승의 기망이 복면인의 몸을 둘러싸기 시작했다.

기망은 그런 역할을 한다. 기망 안에 갇힌 자가 행동을 자유로이 하지 못하게 서서히 운신의 폭을 좁히는 역할.

적이 기망에 휩쓸려 조금이라도 빈틈이 보이는 순간, 빛을 능가하는 가공할 쾌검이 목을 취할 것이다.

원하는 것은 틈.

허락된 움직임은 단 일 초.

그 한 번의 칼질에 그와 상대의 생사가 갈라지는 것이다.

뒤에 대한 대비가 없는 극단의 쾌검세.

그것이 주망배광이었다.

되돌아갈 길은 없다.

상대가 기망을 무시하고 버티거나 기망을 찢고 나서지 않는 이상, 기망은 끈적끈적한 굴레가 되어 복면인을 조일 것이다.

순간의 승부. 그때가 온 것이다.

"하압!"

먼저 움직인 것은 복면인이었다.

쫙 펼쳐진 좌장이 경이로운 힘으로 기망을 잡아채며 기망의 원천인 조승의 단전을 흔들었다.

'크윽!'

이어 육중한 힘이 담긴 무서운 검세가 허공을 가르며 조승을 향해 쇄도했다.

속도를 중시하는 조승의 쾌식을 무거운 힘의 압력으로 눌러 버리려는 의도.

"제법!"

갑자기 밀려드는 압력에 조승의 몸이 움찔했다.

압력은 느닷없었지만 그 위력은 더욱 놀라운 것이었다.

검병 위에 놓인 조승의 가늘고 긴 손가락이 압력에 흔들려 잔 떨림을 일으켰다.

조승이 흔들리는 순간을 놓치지 않고 그를 향해 가던 복면인의 검이 점점 더 크기를 키워갔다.

주변을 휘몰아치는 무거운 검세가 여름날 태풍처럼 강한 힘으로 조승을 압박해 들어갔다.

검이 커질수록 압박의 강도는 세졌고, 검이 조승의 코앞에 닥쳤을 땐 숨 쉬기조차 힘들 만큼 강한 압력이 조승의 전신을 짓눌렀다.

'제왕지검!'

복면인은 놀랍게도 남궁가의 사람이었다.

그것도 제왕검을 익힐 수 있는 남궁가의 직계.

조승의 입가로 얇게 피가 새어 나왔다.

짓누르는 압력에 얼굴은 형편없이 일그러졌고, 머리카락은 한껏 뒤로 날린 채 눈을 뜨는 것조차 힘들어 보였다.

쾌검, 환검(幻劍), 중검(重劍)의 묘리 중 제왕검은 중검의 최고봉에 있는 검공이다.

그 압력은 상상을 초월하는 것이었으니.

"으득."

압력을 이기려 이를 악물었다.

무너짐은 곧 패배요, 죽음이다.

무조건 버텨야 했다.

'질 수는… 없지.'

핏대 선 눈에 굳은 의지가 담겼다.

온몸을 터뜨릴 듯 가해지는 압력 속에서 조승의 몸이 한껏 움츠려들었다.

압력에 밀리는 모양이나 꼭 그런 것만은 아니었다.

움츠림은 튀어나가기 위한 수단.

시위가 당겨진 활처럼 팽팽한 긴장과 탄력이 조승의 전신에 넘쳐흘렀다.

단 한 번의 발검(拔劍). 조승은 그것에 모든 걸 걸었다.

"차앗!"

태산 같은 압력을 헤치고 조승이 검을 당겼다.

투둑.

어깨와 팔, 손목에 가해지는 무거운 압박을 뚫고 강하게 검을 낚아채니 근육과 뼈가 견디지 못하고 끊어지는 것이 느껴졌다.

팔이 뽑혀 나가는 고통이다.

하지만 조승은 모든 정신을 검에만 집중하며 나머지 전부를 놓았다.

몸에 가해지는 고통도, 팔을 더 이상 쓰지 못할 수도 있다는 걱정도 머릿속에 두지 않았다.

찾는 것은 검로. 몰아치는 압력을 거슬러 나갈 수 있는 단 하나의 검로뿐이다.

팟!

조승의 손끝에서 빛이 일었다.

근육이 끊어지는 아픔도, 뼈가 부러지는 고통도 한 줄기 선연한 빛줄기에 함께 실어 보냈다.

밤하늘을 가르는 유성처럼 빛은 순간을 피어났다 사라졌다.

그리고 거짓말처럼 잔잔해진 둘 사이의 공간.

휘몰아치던 경력도, 번뜩이던 빛도, 서로 내던 기합도 모두가 사라진 채 고요한 정적만이 남아 있다.

털썩.

누군가 쓰러지는 소리가 들렸다.

"으윽."

신음 소리가 뒤를 이었다.

쓰러진 것은 복면인. 신음은 조승의 것이었다.

흔들리는 무릎을 억지로 바로 세우며 조승은 뿌연 시야로 복면인을 바라보았다.

제왕지검.

남궁의 제왕검은 과연 명불허전이었다.

점창에서, 그리고 강호에 나온 이래 그가 접한 그 어떤 검보다 제왕의 검은 훌륭했다. 죽지 않은 것은 운이 좋았기 때문이라는 생각이 들 정도로.

"우웩."

입 밖으로 선혈을 뭉텅이로 내뱉으며 조승이 흔들리는 몸을 간신히 유지했다.

비틀대는 몸과 어지러운 머리 때문에 눈의 초점이 또렷하지 않았다.

조승은 억지로 눈에 힘을 줘가며 상대를 보려 애를 썼다.

적이나 뛰어난 검경을 보여준 상대에게 조승은 최선의 예우를 다하려 애쓰는 중이다.

흐린 시야로 바닥에 엎드린 복면인이 보였다.

뒤통수에 맺혀 있는 조그만 핏방울. 미간을 꿰뚫은 조승의 검이 남긴 자국이다.

제2장

제인(制人)

육신이 아닌 기로 검을 움직이는 경지를 이기어검의 경지라 한다.

이는 단순히 검을 허공에 띄워 초식을 발하는 것을 일컫는 것이 아니니, 검이 초(招)와 식(式)을 벗어나 시(時)와 공(空)마저 넘어섰을 때 비로소 진정한 이기어검이라 칭할 수 있었다.

시작은 수어검(手御劍)이니 손으로 검을 조종하는 단계를 말함이고, 다음은 목어검(目御劍)이라, 눈으로 검을 다스림을 의미한다.

무림사 수천 년에 수많은 고수가 명멸했지만, 수어검에 이른 자조차 손에 꼽을 정도이니 삼화경의 경지는 그렇듯 높은 것이다.

이기어검의 마지막 단계는 심어검(心御劍)이라 했다.

이는 검이 마음이 되고 마음이 검의 길을 행하는 경지이니 마침내 오롯한 빛만 남아 시전자의 뜻을 발현하는 단계를 일컬음이다.

이에 이른 자 곧 입신을 지나 천경(天境)에 발을 들여놓은 것이라 할 수 있으니 심어검은 곧 광검(光劍)이라, 그때야 비로소 천화경을 논할 수 있을 것이다.

물론 검경(劍境)의 극(極)은 이기어검이 아니었다.

혹 누군가 있어 심어검의 극에 달해 검 없이도 의지가 검이 되는 경지에 이른다면 이는 마음이 곧 검이 되는 심즉검(心則劍)의 경지라.

이를 세상 사람들은 심검지경(心劍之境)이라 칭했다.

하지만 심어검에 든 자 아직 듣지 못했으니 심검지경은 오죽할까?

*　　　*　　　*

마령시의 선공에도 여유롭던 설운이 고개를 저으며 인상을 찌푸렸다.

"곤란해."

스륵.

나풀거리며 떨어지는 얇은 비단 폭처럼 설운이 부드럽게 몸을 놀려 마령시 사이를 빠져나왔다.

시간은 걸리겠지만 마령시를 잡는 것은 아무런 문제가 없었다.

하지만 도망치는 노인은 문제가 되었다.

죽이든 잡아 족치든 설운은 노인에게 분명히 볼일이 남아 있었다.

"히익!"

노인이 기겁하며 달아나던 걸음에 박차를 가했다.

외모답지 않게 빠른 모습이다.

"그래 봐야."

설운의 신형이 삼사 장 길이로 쭉 늘어났다.

설운이 내민 우수에 달아나던 노인의 뒷덜미가 잡혔다.

"흥! 어림없느니."

뒤를 잡힌 노인이 양손으로 색색의 가루를 터뜨렸다.

뿌연 가루가 시야를 가리는 순간, 동시에 전해지는 역한 냄새.

"독분(毒粉)으로는 안 돼."

퍼지는 가루를 무시하며 설운이 잡은 손을 당겼다.

"호홍, 그럴까?"

끌려오던 노인이 득의의 표정을 지었다.

"꽤애애액!"

제법 떨어져 있던 마령시가 눈 깜짝할 사이에 설운의 곁에 다가와 있다.

노인이 터뜨린 가루는 독분이 아니라 마령시의 시정(屍精)을 폭발시키는 매개물이었다.

정(精)은 생(生)과 동(動)의 근원을 일컬음이니, 숨 쉬는 생물에게 원정(原精)이 있다면 마령시와 같은 강시에겐 시정이 있었다.

차이가 있다면 사람은 원정이 상하면 생명에 지장을 받게 되지만, 마령시와 같은 강시에겐 그런 해가 없는 것 정도.

천리(天理)를 거스르는 사악한 대법(大法)으로 만들어진 것이 마령시이기에 일정한 시간과 촉매제가 주어진다면 시정은 언제고 원래대로 회복될 수 있었다.

노인의 눈에 생기가 감돌았다.

시정마저 폭발한 마령시라면 저놈을 죽이진 못하더라도 도망갈 시간은 벌어주리라 생각했다.

아까워도 마령시 몇 구는 포기할 생각이다.

다 살자고 덤비다간 정말 다 죽을 수도 있었다.

몇 구가 시간을 벌고 자신과 나머지는 저놈 손을 벗어난다.

그게 노인의 의도였다.

파바박!

설운의 주위로 둔탁한 소리가 울렸다.

더 강해진 마령시의 공세를 설운이 현란한 손놀림으로 막아낸 것이다.

"하압!"

일수로 마령시를 공격을 막아낸 설운이 위로 신형을 뽑아 올렸다.

설운이 마령시를 상대하는 순간을 노려 다시 달아나기 시작한 노인의 앞을 막아서기 위함이었다.

그러나 시정이 폭발된 마령시의 움직임은 확실히 이전과 달랐다.

설운 못지않게 빠른 속도로 설운을 따라잡더니 다시 재차 공격을 감행했다.

바로 코앞으로 다가온 마령시의 공세. 두어 걸음 더 멀어진 노인.

설운의 눈에 잠시 광망이 어리더니 그의 손과 등에서 두 줄기 빛이 폭사되었다.

혈령검과 백검이다.

터더덩!

쇠와 뼈가 만난 소리라 할 수 없는 묵직한 울림이 터졌다.

빛살처럼 날아든 혈령검이 마령시를 가격한 것이다.

하지만 마령시는 쓰러지지 않았다.

만년한철보다도 내구성이 좋은 마령시라 설운의 검을 버텨낸 것이다.

그러나 충격은 어찌할 수 없어 마령시와 설운 사이에 약간의 간격이 발생했다.

하지만 그것이면 충분했다.

빛을 머금은 검 두 자루가 공중에 반원을 그리더니 혈령검은 마령시를, 백검은 노인을 겨누었다.

마령시가 강하지만 움직이는 주체는 노인이다.

힘들게 마령시와 싸우느니 노인을 제압하는 것이 싸움을 이기는 옳은 길이었다.

"이기어검!"

도망치던 노인이 달리던 걸음을 멈추며 경악성을 질렀다.

의지를 가진 생명체처럼 허공을 자유로이 노니는 검. 믿지 못할 것을 본 사람처럼 노인의 벌린 입은 다물어지지 않았다.

빛을 머금고 공중을 선회하는 검을 본 순간, 달아날 마음이 사라졌다.

이기어검은 곧 빛이니 자신의 발이 제아무리 빠른들 검의 영역을 벗어날 수 없었다.

거기다 한 자루도 아닌 두 자루의 검으로 펼치는 이기어검이라니. 그것은 손과 눈으로 제어할 수 없는 것이 못 된다.

'심어검(心御劍).'

말로만 듣던 지고의 경지가 현실로 나타난 것이다.

'이미 천화경이었단 말인가?'

진물이라도 흘러내릴 듯한 노인의 안면에 숨길 수 없는 충격이 고스란히 드러났다.

상상도 할 수 없는 경지다.

천산의 설화(雪花)나 동정호의 홍린화룡(紅鱗火龍)처럼 전설에나 존재하는 것이라 여겼지 그것이 어찌 현실에 존재한다고 믿을 수 있을까.

경악은 낙담이 되었고, 낙담은 절망으로 이어졌다.

'꼼짝없이 죽게 생겼구나.'

설운의 뛰어난 무위에 노인은 굳은 듯 자리를 벗어나지 못했다.

자신과 마령시의 힘으로는 결코 넘을 수 없는 상대였다.

앞서 죽었던 다른 자들처럼 자신 또한 혈령의 검에 한 방울 혈흔을 더하게 될 것이다.

'이런 제길.'

좁고 굽은 노인의 어깨가 천근을 올려놓은 것처럼 아래로 내려앉았다.

삼십 년 만에 제대로 빛을 보나 했는데 며칠을 못 넘기고 죽게 생겼다.

허망하고 억울했다.

"잘 생각했어. 도망쳐 봐야 거기서 거기지."

설운이 노인에게 다가왔다.

"판단이 꽤 빠르군."

고개 숙인 노인의 눈앞에 설운의 발끝이 보였다.

"그냥 고이 죽어."

설운의 속삭임이 천둥처럼 들려왔다.

노인은 온몸을 떨었다.

'이렇게 죽는 건가? 세상에 발걸음 한번 제대로 디뎌보지도 못하고? 이대로 속절없이 그냥 죽어? 안 돼! 절대 안 돼!'

"안 돼!"

발작하듯 소리를 지르며 노인이 고개를 치켜들었다.

설운을 보는 노인의 동공에 온갖 상념이 스쳐 지나갔다.

"으드드드."

악물린 이가 기괴한 소리를 내었다.

"삼십 년이야, 삼십 년. 어둔 동굴 속에서 빛을 볼 날만 기다리며 버티고 버틴 세월이 삼십 년이야. 안 돼! 이대로 그냥 죽을 수는 없어. 아무 것도 못해보고 그냥 이대로 죽기엔……."

눈에서 분노가 줄기줄기 새어 나왔다.

"그래, 맞아. 죽더라도 그냥 죽을 수는 없지."

노인의 눈에서 의지가 엿보였다.

손에 든 피리가 주인의 숨결을 기다리고 있다.

"적어도 네놈 팔 하나는 갖고 가야겠다. 험한 저승길 갈 때 지팡이로라도 쓰게. 크흐흐흐."

정신 나간 사람처럼 중얼거리던 노인이 입에 피리를 물었다.

죽기로 덤벼든다면 제 놈이 아무리 혈령이래도 무사하지는 못할 것이다.

노인의 눈동자에 황색이 짙어지며 두 손이 피리 구멍을 막아갔다.

"그걸로 만족이 돼?"

설운이 노인과 눈을 맞추었다.

붉은빛이 도는 눈동자가 유리알처럼 투명해 보인다.

"내가 볼 땐 아닌데."

"웃기지 마!"

두려움인지 분노인지 모를 복잡한 심경에 노인의 턱이 덜덜 떨렸다.

"기회를 주지."

설운이 웃었다.

"선택의 기회.".

말하는 설운의 기도가 달라졌다.

어두운 지하 통로를 붉고 흰빛으로 물들이는 검 가운데 염계의 사신(邪神)처럼 설운이 안광을 빛내며 서 있다.

"네가 살 수 있는 기회."

붉게 물든 안광이 노인의 동공을 파고들었다.

영혼을 사로잡는 눈빛이다.

'으윽……'

노인이 눈살을 찌푸리며 뒤로 한 걸음 물러섰다.

정신없이 흔들리던 눈동자가 설운의 눈에 고정되었다.

'기회……'

몸의 기운이 빠지며 한마디의 말만 속으로 되뇌었다.

'살 수 있는 기회……'

죽고 싶은 마음은 없다.

삼십 년을 어두운 공간 속에서 산 것이 이런 허무한 죽음을 위해서는 아니다.

당연히 살고 싶다.

이런 컴컴한 동굴 속에서 아무것도 못해보고 죽는 것이 아니라, 밝은 태양 아래로 뛰쳐나가 그동안 품어온 바람과 욕망을 마음껏 터뜨리고 싶었다.

이대로 죽기엔 너무나 억울하다.

'하나 믿을 수 있을까?'

노인은 현실을 다시금 생각해야 했다.

저놈은 혈령이다.

오직 피에 미쳐 날뛰는 인간 백정이다.

저런 놈의 말을 믿을 수 있을까?

노인은 고개를 절레절레 흔들었다.

피리를 쥔 손에 절로 힘이 들어갔다.

설운은 노인의 눈을 보았다.

누렇게 변색된 노인의 동자 속으로 절망과 분노가 보인다.

익숙한, 너무나 익숙한 눈빛.

설운을 지나간 수많은 사람이 그런 눈빛을 보였다.

하나 절망과 분노의 눈빛에도 차이는 있다.

더 이상 바랄 것이 없어 내려앉는 눈빛이 있고, 바라되 이룰 수 없어 위를 오르는 눈빛이 있다.

"잘 생각해."

나직이 울리는 설운의 말에 노인의 절망은 그 색을 뚜렷이 했다.

기대.

생에 대한 희미한 희망.

그는 남은 것이 있는 자였다.

노인은 모든 것을 내버리고 죽음을 택할 인간이 아니었다.

설운은 노인의 눈에서 집착을 엿보았다.

노인은 살고 싶을 것이다.

이대로 마령시가 재가 되길 원하지 않을 것이다.

살려준다.

원한다면 살려준다.

그럼으로써 이득을 취한다.

그들은 자신의 앞을 막아주는 가림목이 될 것이다. 세상 어떤 나무보다 강하고 굳센 가림목이.

죽일 수 있다.

노인과 마령시 모두 설운의 검 아래 드러눕게 할 수 있었다.

하지만 설운은 노인과 마령시를 취하기로 했다.

'죽이기 전에 살려 방패로 만든다.'

죽이면 먼지가 될 것이되 살리면 훌륭한 도구가 될 것이다.

터덩!

그 와중에도 마령시의 공세는 계속 이어졌다.

그러나 공세의 결과는 한결같았다.

아무리 찌르고 깨물고 달려들어도 마령시는 혈령검이 맴도는 설운의 공간 안으로는 들어올 수 없었다.

노인의 눈동자가 다시 한참을 흔들렸다.

발악하듯 덤벼드는 마령시와 아랑곳없이 자신만을 쳐다보는 설운을 번갈아 보았다.

답이 뻔한 고민이다.

"진정 살려주는 거요?"

목소리에서 분노가 사라지며 말끝이 올라갔다.

"내 말을 듣는다면."

설운의 말이 어떤 의미인지 노인이 모를 리 없었다.

"또 다른 조건은?"

"없어."

하긴 그 외에 뭐가 있을까?

저자가 바라는 것이 뭔지 아는데.

자신은 종이 될 것이다.

자신은 수족이 될 것이다.

자신은 쓰다가 버려지는 도구가 될 것이다.

그리고 그것이 생의 조건임을 노인은 잘 알고 있다.

'하나 어차피 같은 것.'

노인의 뇌는 노인을 타일렀다.

설운이 아니더라도 어차피 마령시와 자신은 마각의, 아니, 이제는 귀전의 도구일 뿐이다.

아무리 어떤 말로 곱게 포장한다 해도 자신과 마령시는 그런 존재였다.

맞다.

누가 자신을 부린들 무슨 상관이랴.

다시 내일의 태양을 볼 수 있다는데.

맞다.

삼십 년 적공을 그나마 유지할 수 있다는데.

누가 자신을 부린들 무슨 상관이 있을까?

"하아!"

노인이 장탄식을 터뜨리며 고개를 저었다.

그러곤 결심이 섰는지 달라진 눈빛으로 설운을 바라보았다.

"미천한 종 황노(黃老)가 주인께 인사드리오."

노인 황노가 천천히 아래로 몸을 낮췄다.

다 내려놓은 황노가 설운에게 절을 올렸다.

그것으로 끝이었다.

지하 통로 좁은 길 안에서 이루어진 야합의 약속은 그렇게 간단한 절 한 번이면 끝날 일이었다.

*   *   *

'봄인데······.'

덜렁거리는 오른팔을 왼손으로 붙잡고 조승은 하늘을 바라보았다.

내려앉은 회색이 겨울 색이라면 연한 물빛 하늘은 봄 색이었다.

점창의 본산(本山)이 생각났다.

험한 산세 속에 알록달록 피어 있는 봄꽃들. 붉고, 노랗고, 푸른빛 속에 선경처럼 자리한 점창이······.

고개를 내리니 아비규환의 현장이 보인다.

적아(敵我) 쉰에 가까운 인원이 저마다의 신념 아래 생사혈투를 벌이고 있었다.

물빛 하늘 아래 번쩍이는 검광이, 소담스레 자란 들꽃 위로 떨어지는 선혈이 귀에 이는 이명만큼 어지럽고 혼란스러웠다.

채앵!

맑은 쇳소리가 왼쪽에서 들린다.

떨리는 몸으로 돌아보니 목이 베인 사내 하나가 바닥으로 쓰러지고 있다.

그리고 그 앞에 떠 있는 붉은빛 검 하나.

하지만 검은 순식간에 공중에서 사라지며 몽롱한 정신을 더 흩뜨려 놓았다.

"꽤애애애액!"

이번엔 오른쪽에서 이상한 소리가 들린다.

살점이 덜렁거리고 뼈가 훤히 다 보이는 죽은 시체들이 움직이고 있다.

누워 파묻혀 있어야 할 시체들이 바람처럼 날아다니며 살아 숨 쉬는 인간들을 죽이고 있다.

'대체.'

조승이 머리를 저었다.

아무래도 충격을 많이 받은 모양이다.

저런 헛것이 보이다니.

'안 돼.'

정신을 차려야 했다.

아무리 몸이 만신창이라지만, 생사를 다투는 자리에서 넋을 놓을 순 없었다.

아직 사투는 끝나지 않았고, 자신에겐 적을 섬멸해야 하는 의무가 있었다.

검을 잡아야 했다.

오른손이 안 되면 왼손으로라도.

"크윽."

만신창이가 된 오른팔에서 왼손을 떼니 극악한 고통이 삽시간에 밀려왔다.

그래도 차라리 그게 낫다 싶었다.

최소한 정신은 차릴 수 있을 테니.

헛것이 보일 정도로 몽롱한 정신을 단박에 일깨울 수 있을 테니.

"무리하지 마시오."

언젠가 들은 적이 있는 듯한 목소리가 들린다.

다친 오른팔에 온기가 느껴지더니 따스한 기운이 오른팔을 감싸고 돌았다.

근육과 뼈가 심하게 상한 오른팔인데, 따스한 기운에 상처가 조금 진정되는 듯했다.

이어 명문을 통해 더운 기운이 몸 안으로 스며들어 왔다.

이명이 사라지고, 호흡이 편해졌다.

"백검주."

평생 처음 맡아보는 기이한 향기를 풍기며 설운이 자신의 원기를 돋우고 있었다.

정신이 점차 맑아지는 것이 느껴졌다.

"꽤애애애액!"

그런데 다 썩은 시체 하나가 사람을 무는 것이 보인다.

군데군데 허연 뼈가 다 드러난 턱이 상대를 물고 놓아주지 않는다.

착각이었나 보다.

아직은 정신이 완전하지 않은 모양이다.

설운과 마령시의 가세로 전장은 빠르게 종말로 치달렸다.

마령시는 가히 무적이라 할 만큼 엄청난 위용을 자랑하며 보이는 족족 상대를 죽여 없앴다.

악을 쓰고 저항해 보지만 아무것도 통하지 않는 마령시였다.

검은 튕겨내고, 작은 생채기 하나 남지 않았다.

하나둘 빠르게 줄어가던 적은 어느새 두서넛 남았고, 숨 한 번 쉬고 나니 제 발로 서 있는 자는 아무도 없었다.

"그러니까 저게……."

"맞습니다."

설운이 고개를 끄덕였다.

"말로만 듣던 그……."

불안과 호기심에 찬 시선들이 마령시를 향했다.

태어나 처음 본 강시의 모습에 몇몇은 아직도 긴장이 역력한 표정으로 검병에서 손을 떼지 못하고 있었다.

귀광을 번쩍이며 적을 죽이던 강시의 모습은 놀라움 그 자체였다.

비명을 지르며 내던지는 칼과 장(掌)을 묵묵히 몸으로 받으며 강시들은 일방적으로 적을 주살했다.

칼도 장도 먹히지 않았다.

도망치려는 생각도 용납되지 않았다.

도망치는 상대보다 몇 배는 빠르게 퇴로를 막아서며 강시들은 자신의 욕구를 채우고야 말았다.

생사를 걸고 치열하게 싸우던 상대가 너무도 어이없이 죽어가는 모습은 차라리 허탈감마저 주었다.

죽은 듯 가만히 제자리에 선 채 미동도 없는 강시인데 불안한 마음에 자꾸 눈이 가는 것은 어쩔 수 없는 사람의 마음이었다.

"뭐 좀 입혀야겠네."

남의 시선도 있고 보기에 흉한 생각도 들고 해서 설운이 강시가 걸칠 것을 요구했다.

당분간 함께 다닐지도 모르는 상황에서 저런 흉한 몰골은 곤란했다.

거리를 두고 있던 을조 무인 하나가 최고의 신법을 발휘하여 근처에서 쓸 만한 옷 몇 벌을 거둬왔다.

"이왕이면 얼굴도 가리고."

얼굴도 흉측스럽긴 마찬가지라 옷을 입혀놓아도 별 차이가 없었다.

급한 대로 천을 자르고 구멍을 내 복면을 만들었다.

황노가 복면을 받아 강시에게 씌우니 그나마 볼만했다.

섬뜩한 안광만 제외하면.

"눈도 감으라고 할까요?"

턱에 손을 괸 채 유심히 눈을 보고 서 있는 설운에게 황노가 조심스레 물었다.

"그게 나을 것 같아."

마령시 다섯이 눈을 감았다.

"좋아."

설운이 흡족한 얼굴을 하고 턱에서 손을 뗐다.

눈을 감으니 괜찮아 보인다.

손을 조금 더 봐야 하겠지만.

"더 이상 별다른 일이 없으면 그만 떠나도록 하시죠."

설운이 조승에게 마무리할 것을 일렀다.

적은 모두 죽었고, 생각 못한 성과물도 얻었다.

예상보다 훨씬 나은 결과이다.

더해서 다음 목표도 정해졌고.

"알겠습니다."

조승이 을조 무인들에게 철수를 명했다.

살아남은 자는 모두 스물넷.

혼자 걸을 수 없는 부상자 다섯을 빼면 삼분지 이 정도가 멀쩡한 상태였다.

피해가 적지는 않았지만 선방했다고 볼 수 있었다.

수는 을조 무인이 많았지만 상대의 수준이 호락호락한 게 아니라서 피해가 더 클 수도 있었기 때문이다.

그나마 마령시가 나섰기에 피해가 그 정도에서 그친 것이다.

적이었다면 귀찮았을 테지만 동료가 되니 제법 요긴하게 쓰이는 마령시였다.

"회로 돌아가십니까?"

조승이 설운의 행보를 물어왔다.

"아닙니다. 한 군데 들를 곳이 생겼습니다."

"어딥니까?"

"종남(終南)으로 갑니다."

"종남이라고요?"

"그렇습니다."

설운은 황노의 말을 떠올렸다.

─종남산(終南山)입니다.

황노는 본디 마각 소속이었다.

마신궁에 의해 마각이 공격을 당했을 때 그는 마각 본각의 지하 동굴 속에서 마령시를 제련하는 중이었다.

은밀하게 가려져 있던 동굴이라 궁의 무인들에게 들키진 않았지만, 마각이 망하면서 황노 또한 갈 곳이 없어졌다.

마령시라도 온전하다면 그것을 기반 삼아 훗날을 모색하겠지만, 그 당시 마령시는 미완성의 시신일 뿐이었다.

황노는 동굴 속에 숨어 있었다.

그러던 며칠 뒤, 어찌 알았는지 동굴 안으로 귀전의 사람들이 그를 찾아왔다.

그들은 황노에게 달콤한 제안을 했다.

그의 신변을 보장해 줌과 동시에 그가 마령시를 계속 제련할 수 있게끔 제반 지원을 아끼지 않겠다는 내용이었다.

황노는 거부하지 않았다.

마각은 망했고 마령시는 완성되지 않은 상태에서 그들이 내민 조건을 물리칠 이유는 없었다.

그래서 칠강문 지하로 거처를 옮겼고, 이날에 이르게 된 것이다.

황노는 마령시의 제련이 끝나는 대로 종남산으로 갈 예정이라고 했다.

화산과 더불어 섬서 이대 강문(强門) 중 하나이자 무림 구대문파에 당당히 이름을 올리고 있는 종남파가 있는 곳.

정확한 정체는 얘기하지 않았지만, 종남파의 제자 몇이 귀전 사람인 것은 분명하다고 했다.

귀전의 영역은 생각보다 넓고 깊었다.

설운이 쓸어버린 상관세가, 조승이 쓰러뜨린 남궁세가의 사람에 이어 종남이라는 이름이 새롭게 또 나왔다.

한 가지 종류의 껍데기 아래 자신을 가려놓고 있는 것이 아니라, 천하 곳곳에 포진해 있었다.

귀전은 얼마나 많은 곳에 그들의 사람을 숨겨놓고 있는 것일까?

짐작이 어려운 상황이었다.

'차차 알게 되겠지.'

하나씩 처리할 생각이다.

비록 지금은 안개 속에 들어선 듯 흐리고 막연하지만, 언젠가는 그 뿌리에 닿을 것임을 믿어 의심치 않았다.

그리고 무엇보다 중요한 것은 다문경이 전한 말.

그의 말이 맞는다면 뿌리에 닿는 데 걸리는 시간은 생각보다 훨씬 단축될지도 몰랐다.

어차피 시간은 충분했다.

얼마가 걸리더라도 하나씩 차근차근 밟아줄 생각이다.

'확실히 달라.'

잠깐 생각에 잠긴 설운을 보며 조승은 한 번 더 위화감을 느꼈다.

설운을 중심으로 번져 나오는 기운은 확실히 맑지 않았다.

어딘가 차갑고 소름 끼치는 기운. 그것은 정파인의 정기라기보다는 차라리 마기에 가까웠다.

더해서 간간이 엿보이는 설운의 표정은 만년빙산처럼 냉막한 것이었으니, 단순히 타고난 성정이라 생각하고 넘기기엔 무언가 모자라는 면이 있었다.

'누굴까?'

궁금했다.

과연 백검주의 진정한 정체가 무엇인지.

나이에 맞지 않은 무공과 단호한 일 처리, 그리고 낯선 기운.

회의 규칙상 상대의 정체를 묻는 것은 금기로 되어 있지만 치미는 호기심은 어쩔 수 없었다.

대놓고 물어보고 싶은 마음이 생길 만큼 설운의 기세는 독특함이 차고 넘쳤다.

"하실 말씀이라도 있으십니까?"

설운이 조승을 보며 웃었다.

뚫어져라 쳐다보는 조승의 눈길이 조금은 부담스러웠다.

"아, 아닙니다."

조승이 무안한 표정으로 양손을 휘저었다.

설운의 얼굴을 저도 모르게 빤히 쳐다보고 있었다.

예의에 어긋난 행동이다.

"저도 모르게 그만……. 죄송합니다."

"아닙니다."

조승의 생각을 대충 짐작한 설운이 가볍게 그의 말을 흘렸다.

"그럼 저는 이만 가볼까 합니다."

설운이 조승에게 작별 인사를 했다.

"알겠습니다. 회에는 그리 보고 올리도록 하지요."

조승이 설운에게 공손히 예를 올렸다.

설운이 어떤 느낌으로 다가오든 조승에게 설운은 회의 상관이요 위기에서 도와준 고마운 조력자였다.

"언제 시간이 되시면 점창에 한번 와주십시오. 좋은 음식은 대접해 드리지는 못하겠지만, 숨겨놨던 화주(花酒) 한 병은 드릴 수 있을 것 같습니다."

조승이 설운에게 점창을 방문해 줄 것을 청했다.

언제고 그가 시간이 나서 점창에 들러준다면 그땐 그와 많은 얘기를 나누고 싶었다.

그의 신상과 같은 신변잡기에서 한동안 정체되어 있는 그의 무공에 대한 조언에 이르기까지 나누고픈 말이 정말 많았다.

"그러지요."

설운이 웃으며 고개를 끄덕였다.

"그럼 조심히 가십시오."

조승이 두 손을 공손히 모아 설운에게 포권을 했다.

과장되지 않고 참된 마음이 담겨 있는 정중한 인사였다.

조승이 보기에 설운은 그만한 인사를 받을 자격이 충분한 사람이었다.

제3장
고준(高俊)

　종남을 향해가는 설운 일행의 행보는 여느 사람과는 많이
달랐다.

　낮엔 쉬고 밤에 움직였다.

　마령시 때문이다.

　옷을 입히고 복면을 씌웠지만 밝은 대낮에 같이 다니기엔
그 행동이 너무나 기괴했다.

　싸울 땐 그렇게 부드럽고 빠르던 놈들이 천천히 걸을 때면
그렇게 투박할 수가 없었다.

　군은 걸음에 이상한 몸동작은 누가 봐도 정상적이라 할 수
없었다.

하는 수 없이 낮에 이동하는 것을 포기하고 인적 드문 야음을 틈타 움직일 수밖에 없었다.

자연히 종남을 향하는 여정은 생각한 만큼의 속도가 나지 않았다.

그나마 종남이 위강 칠강문과 같은 섬서에 있어 다행이지 먼 길이었다면 분명 다른 방도를 모색했을 게다.

"잠시 쉬었다 가지."

깊은 계곡을 건너던 설운이 제법 넓은 바위 위에 올라서며 걸음을 멈추었다.

식사도 해야 했고 무엇보다 설운의 걸음을 따르느라 지친 기색을 보이는 황노를 배려해야 했다.

비록 황노가 절정의 반열에 올라 있는 고수였지만, 설운의 걸음을 당해낼 순 없었다.

적절한 휴식이 필요했다.

설운이 바위 위에 자리를 잡자 황노가 마른 나뭇가지를 집어 와 불을 지폈다.

그러고는 건량 몇 개로 출출한 배를 달랬다.

맛은 별로지만 허기진 배를 채우는 데는 문제가 없었다.

설운에게 건량은 익숙했다.

예전 궁의 명으로 천하를 종횡할 때부터 건량은 거의 그의 주식 역할을 했다.

궁의 일이라는 것이 대부분 촌각을 다투는 일이었기에 맛

좋은 음식이 푸짐하게 차려진 식탁 앞에 앉아 느긋하게 음식을 즐긴다는 것은 언감생심 꿈도 못 꿀 일이었다.

굶지 않고 속을 채울 수 있다는 것만으로 만족해야 했다.

설운은 침으로 굳은 건량을 녹여가며 천천히 꼭꼭 씹어 먹었다.

말린 고기의 질긴 질감 사이로 고기에 발라 있는 향신료의 향이 올라왔다.

만드는 사람은 달라도 만드는 방법은 비슷한지 예전에 먹은 육포의 맛과 그리 큰 차이가 없었다.

그럭저럭 먹을 만했다.

사냥꾼 복장을 한 두 명의 사내가 둘이 앉아 있는 바위 곁을 스쳐 지나갔다.

살짝 경계하는 눈빛을 받았지만 그냥 넘어가면 될 일이다.

[죽일까요?]

황노의 전음이 들려온다.

"놔둬."

[잠시면 됩니다.]

"됐어."

[네…….]

맥 빠진 황노의 답이다.

어딘가 아쉬움이 남는 목소리였다.

[혹시라도…….]

미련이 남았는지 황노가 재차 물어왔다.

"그만."

[네.]

차가운 설운의 말에 황노가 입을 닫았다.

불만이 있는 표정이었지만 감히 두 번 말을 내뱉진 않았다.

황노가 아쉬운지 입맛을 다셨다.

황노는 살상을 즐겼다.

깊은 밤 혹시라도 누군가와 마주치면 황노는 상대를 죽일 생각부터 했다.

그런 그가 가장 즐겨 쓰는 말은 '죽일까요?'였다.

마주치는 거의 모든 사람을 보며 황노는 그 말을 해댔다.

한편으로는 이해되는 부분도 있었다.

황노는 생각보다 순수한 사람이었다.

피와 살인을 좋아하는 황노를 생각하면 앞뒤가 안 맞는 말 같지만, 황노는 순수한 사람이 맞았다.

황노는 아는 게 강시밖에 없었다.

아주 어릴 적 사부 되는 이를 만나 지금껏 강시 제련에만 몰두해 온 사람이었다.

빛을 본 날은 손에 꼽을 정도로 드물었고, 늘 어두운 공간 속에 갇혀 시체와 함께 지내야 했다.

자연히 그가 보이는 편협하고, 음흉하고, 어두운 구석은 전부 그의 그늘진 과거와 좁은 견문에서 오는 부족함 때문이었

고, 그것은 누구보다 설운이 잘 이해할 수 있는 부분이기도
했다.

생각해 보면 설운 또한 황노와 다를 게 없었다.

배운 대로, 시킨 대로 살아왔고, 그게 바탕이 되어 가치관
이 이루어졌다.

차이가 있다면 황노가 설운에 비해 좀 더 아이 같은 면이
많다는 정도랄까.

욕심 많은 철없는 아이.

그래서 풀어놓기가 어려웠다.

앞뒤 사정을 보고 움직여 주면 안심이 될 텐데, 말초적인
즐거움에 관심이 많아 실수를 할 가능성이 높았다.

마령시를 제련하면서 그가 했을 생각을 모르는 게 아니다.

세상에 나가 온 천하를 휘젓고 다니고 싶었겠지.

설운을 만나지 않고 그대로 세상에 나갔더라면 그가 원하
던 대로 신나는 인생을 살았을 것이다.

좀이 쑤실 게 뻔했다.

그래서 한편으론 안돼 보이기도 했다.

하지만 이해를 하는 것과 행동을 용인해 주는 것은 다른 일
이다.

쓸모가 있어 그를 살려주었다.

필요가 있어 그를 데리고 다닌다.

그게 다였다.

원한 쓸모 이상은 용납해 줄 수 없었다.

관리가 필요했다.

*   *   *

종남까지 이삼 일 정도의 여정을 남겨두고 객잔 하나에 들어 자리에 몸을 뉘였다.

사람들이 많이 다니지 않는 외진 곳에 자리해서인지 객잔은 한적하고 조용했다.

휴식을 취하기엔 딱 좋은 장소였다.

방에 들어 자리에 누우니 눈이 부시다.

밝은 동창으로 빛이 들어오니 그나마 적던 잠이 달아나 버렸다.

장막을 칠까 잠깐 생각하던 설운은 그냥 내버려 두기로 했다.

자리에 누웠으니 다른 할 일은 없었다. 그저 가만히 눈을 감고 천장만 올려다볼 뿐.

그러나 그것도 곧 싫증이 났다.

뒤척이던 설운의 뇌리로 다문경의 말이 떠올랐다.

─당신은 모르나 당신은 선인(善人)이오. 당신이 걸어온 길, 그것은 당신의 잘못이 아니오. 당신의 악함은 당신의 사부가 심

어준 것. 그대의 책임이 아니라오.

  '선인(善人)…….'
  착하다는 말의 정의를 고민해 본 적은 없다.
  다만 사부의 명을 따르고, 궁의 강한 칼날이 되어 적을 쓸
어 넘기는 것이 올바른 행동이라는 신념은 있었다.
  사는 이유가 그것이고, 사는 목적이 그것이다.
  무너졌고, 아직은 다 회복되지 않았다.
  칠 년을 산에서 살면서 평범한 삶이란 게 어떤 것인지 조금
은 알게 되었다.
  어찌 보면 단순했던 자신의 삶이 타인의 기준에서는 얼마
나 악한 행동이었는지도 어렴풋이 알게 되었다.
  하지만 설운은 스스로를 선인이라고는 도저히 생각할 수
없었다.
  궁의 기준에서도, 일반 세상의 기준에서도 자신은 선인이
될 수 없었다.
  지금의 자신은 사부를 잊은 배덕한 놈이요, 세상을 피로 씻
은 대마두였다.
  그게 어쩔 수 없는 현재의 자기 모습이었다.
  싫어도 인정해야만 하는 자신의 현실이었다.

  ─당신의 악함은 당신의 사부가 심어준 것. 그대의 책임이 아

니라오.

다문경의 말이 다시 떠올랐다.

'그럴까?'

설운은 머리를 저었다.

시작은 그랬을지 몰라도 결국 책임은 자신의 것이다.

이유가 어쨌든 손에 피를 묻힌 것은 자신이다.

정상참작은 될지 몰라도 자신이 저지른 일에서 완전히 벗어날 순 없다.

물론 무죄한 사람들을 일부러 해한 적은 없다.

상황과 사정은 달랐어도 자신을 죽이려던 자들이고, 그래서 죽여야 했다.

그리고 사정은 지금도 크게 다르지 않았다.

서 있는 위치가 바뀌었을 뿐 삶은 여전히 피를 원하고 있고, 설운은 기꺼이 피를 묻힐 각오가 되어 있었다.

얼마간의 시간과 새로운 인연이 있었지만, 그것으로 자신의 과거가 온전히 사라질 리는 없었다.

다만 바라는 것은 오직 하나.

이제부터의 삶에서 묻히게 될 피는 더럽고 추한 의미로 해석되지 않기를 바랄 뿐이다.

이전의 혈령처럼.

와장창!

아래층에서 시끄러운 소리가 들린다.

"아이고, 나리!"

애절하게 비는 소리가 창을 통해 들어왔다.

"그러니까 제때 돈을 냈으면 이런 일은 없을 거 아냐!"

우악스런 목소리가 간절한 목소리를 뒤덮었다.

뒤이어 다시 뭔가가 나뒹굴고 부서지는 소리가 난다.

"깡그리 다 부숴 버려!"

화난 목소리에 이어 좀 전보다 더 크게 부서지는 소리가 들린다.

돈을 갚으라는 말, 물건을 부수는 행동, 거친 욕설. 대충 상황은 짐작이 되었다.

"나리……."

"에이, 자꾸 징그럽게 들러붙고 있어!"

"어이쿠!"

외침과 비명이 이어진다.

보지 않아도 아래쪽 광경이 눈에 선했다.

정확한 사정은 몰라도 패고, 부수고, 말리고, 쓰러지고. 뻔히 그려지는 그림이다.

거슬렸다.

설운이 객방에서 나와 천천히 아래층으로 내려갔다.

그저 시끄러운 것이 귀에 거슬렸기 때문이다.

절대로 난처한 상황에 처해 있는 사람을 도와주기 위해서가 아니었다.

설운은 그렇게 생각했다.

*　　*　　*

"씨X."

"미쳤나, 이 새끼가?"

"이건 또 뭐 하는 놈이야?"

행패를 부리던 장정 서넛에게서 육두문자가 쏟아져 나왔다.

"대화로 하시죠."

"대화?"

"네. 자세한 사정은 모르나……."

"모르면 꺼져."

장정 하나가 앞에 선 자에게 눈을 부라렸다.

꽤 자연스러운 것이 상대를 겁박하거나 행패를 부리는 것에 이골이 난 자가 틀림없었다.

"그럴 수는 없습니다. 저리 곤경에 처한 이를 두고 어찌……."

"아, 말 많네."

"어이, 곱게 말할 때 가라. 아침부터 피 보게 하지 말고."

"그럴 순 없소."

의지가 담긴 굳은 목소리. 목소리의 주인은 설운이 아니었다.

나이가 많아봐야 스물 중반 정도 되어 보이는 젊은 청년이었다.

청년은 파란 경장을 단정히 차려입고 머리에 영웅건을 둘렀다.

오뚝한 코와 맑은 눈, 굵은 눈썹과 굳은 입매는 청년을 성정 바른 젊은이로 보이게 했다.

지나가던 길이었는지 객잔에 머물고 있던 손님인지는 몰라도 협의지심(俠義之心)을 가진 청년임은 분명했다.

손에 들린 검이 청년의 준수한 외모와 잘 어울려 보인다.

계단을 내려 객잔 밖으로 나가던 설운은 가다 말고 객잔 옆 모퉁이에 자리를 잡았다.

상황이 재밌어 보였다.

좀 더 지켜보고 싶었다.

"이 새끼가!"

장정들이 거칠게 말하며 청년을 둘러쌌다.

거친 말과 행동이 상대에게 위압감을 심어주기에 충분한 모습이다.

그러나 청년은 담담했다.

수련을 쌓은 무사라면 상대의 기에 반응하지 욕설과 말투에 주눅 들지 않는 법이다.

장정들은 거칠었지만 무림인은 아니었다.

청년의 손에 들린 검이 장식은 아닐 터, 십중팔구 낭패를 보는 것은 거친 욕설을 하는 장정들일 게 분명했다.

'흐음.'

하지만 설운의 생각은 달랐다.

욕설과 거친 말에 가려져 있지만 장정들은 흔한 건달패와는 달라 보였다.

저잣거리에서 힘없는 약자들을 괴롭히는 불한당들에게서 흔히 보이는 개념 없는 행동과 장정들의 행동 사이엔 차이가 있었다.

보지 못하는 이에겐 똑같은 행동이겠지만 설운에겐 그 차이가 보였다.

저들은 최소한 청년이 무림인임을 알고 있었다.

그럼에도 덤비는 것이다.

무모한 행동인지 믿는 구석이 있든지 둘 중 하나일 것이다.

'어쩌나 볼까?'

설운이 청년에게 시선을 돌렸다.

그의 예상이 맞는다면 조금 뒤 청년은 큰 낭패를 맛볼 게 분명했다.

상황이 점점 더 재밌게 돌아가고 있었다.

*   *   *

"꺼져."

"그럴 수 없다고 했소. 그리고 내 경고하는데, 이만 물러서는 게 그쪽에게 좋을 거요."

"안 그러면?"

"후회하게 될 거요."

"후회? 허어, 지랄도 가지가지다."

"내 분명히 일렀소."

"해봐."

"해봐, 새끼야. 나에게도 해봐. 어디 나도 그 후회라는 거 한번 해보자."

말을 하면서 장정들이 조금씩 청년에게 다가갔다.

건들건들 걷는 모양새가 영락없는 시정잡배였다.

"말로는 안 될 자들이군."

"어이쿠, 이제 알아보셨습니까?"

세모눈에 약간 마른 장정 하나가 깐죽거리며 청년 앞에 섰다.

고개를 까딱거리며 침을 찍찍 내뱉는다.

말하는 투나 행동이 얄밉기까지 한 놈이다.

그때 수염이 거친 다른 장정 하나가 고개를 끄덕이며 신호를 보냈다.

그러자 나머지 역시 고개를 끄덕이며 서로 눈치를 주고받았다.

"죽여!"

"밟아버려!"

그러더니 한순간 큰 고함 소리와 함께 세 명의 장정이 청년을 덮쳐 갔다.

먼저 왼쪽에 있던 수염 거친 녀석이 오른 주먹을 크게 내지르며 청년의 얼굴을 노렸다.

제법 강맹한 기세였지만 무림인의 권법에 비한다면 형편없는 주먹질이었다.

청년이 슬쩍 뒤로 몸을 기울이니 주먹은 성과 없이 청년의 코앞을 스쳐 지났다.

그 틈을 노려 오른쪽에 있던 곰 같은 덩치의 거한이 청년의 배를 향해 발을 휘둘렀다.

뒤로 몸을 뺀 청년의 허점을 노린 것이다.

나름 노림수가 있긴 했지만 역시 성과는 없었다.

평범한 사람들에겐 소용될 만한 공격이었지만, 체계적인 수련을 받은 무인에겐 통하는 않을 수법이다.

왼쪽 놈이 뻗은 팔을 앞으로 툭 밀어 자세를 흐트러뜨린 청년이 다가오는 곰 같은 오른쪽 놈의 발을 무릎으로 막았다.

"악!"

발등을 상했는지 발을 휘두르던 녀석이 큰 비명을 지르며 몸을 웅크렸다.

덩치에 안 어울리게 호들갑이 심했다.

그때 뒤에 있던 또 다른 장정이 청년의 텅 빈 등을 노리며 달려들었다.

다른 두 사람과 다르게 제법 빠른 한 수였다.

손에 들린 비수가 아침 햇살을 받아 번쩍였다.

"아이고!"

놀란 주인이 소리를 질렀다.

번쩍이는 비수가 금방이라도 청년의 등을 파고들 것처럼 보였기 때문이다.

안타까웠다.

멀쩡한 청년 하나가 괜한 일에 끼어들어 큰 봉변을 당하게 생긴 것이다.

주인은 차마 더 이상 보지 못하고 눈을 감았다.

하나 청년은 예사 인물이 아니었다.

등에도 눈이 있는지 어느새 눈에 보이지 않는 빠르기로 몸을 회전시킨 청년이 비수를 든 자의 손을 거머쥐고는 손목 아래로 꺾어버렸다.

"악!"

신음이 울리고, 비수를 놓친 사내가 손목을 움켜쥐며 인상을 찡그렸다.

꽤 고통스러워하는 표정이다.

껄렁한 흑도패와 제대로 된 무인의 차이는 그만큼 컸다.

애초부터 청년은 그들 불한당 몇이 어찌해 볼 수 있는 상대가 아니었다.

"이쯤에서 그만하시오. 나도 참는 데 한계가 있는 사람이니."

청년이 엄한 표정으로 장정들을 둘러봤다.

상대의 강함을 직접 겪은 장정들이 살짝 당황하는 모습이다.

그러나 몸으로 느낀 아픔이 조금은 모자랐던지 물러날 기색은 없어 보였다.

주춤주춤 눈치만 보던 장정들이 결심한 듯 눈을 희번덕거리며 저마다 흉기를 꺼내 들었다.

시퍼렇게 날 선 흉기들이 살기를 띠며 청년을 에워쌌다.

"꼭 벌주를 마셔야 정신을 차리겠다는 것이오?"

청년이 싸늘한 표정으로 장정들을 꾸짖었다.

그러나 통하지 않는 꾸짖음이었다.

"죽여!"

"에이!"

"씨X!"

저마다 거친 말을 내지르며 장정들이 다시 청년에게 덤벼들었다.

"내 분명 후회할 것이라 했소!"

좀 전과 다르게 청년이 표정을 굳히며 상대에게 먼저 다가 갔다.

앞에서 찌르는 자의 품안으로 스미듯 들어간 청년이 장정의 겨드랑이를 올려쳐 비수를 떨어뜨리고는 몸을 회전하며 팔꿈치로 상대의 인중을 세게 찍었다.

빠각!

둔탁한 소리와 함께 장정 하나가 무너져 내렸다.

좌우에서 칼로 찌르고 베어가던 두 장정 또한 피를 흘리며 쓰러지긴 마찬가지였다.

찔러오는 칼을 몸을 돌려 슬쩍 피한 뒤 회전력을 이용하여 두 장정의 턱을 두 주먹으로 갈긴다.

타격음과 신음, 그리고 쓰러지는 소리.

숨 두어 번 내쉴 시간의 일이었다.

땡그랑!

비수가 땅에 떨어졌다.

옆에서 틈을 보며 서 있던 나머지 두 장정이 바닥에 무릎을 꿇으며 비수를 놓은 것이다.

"잘못했습니다. 살려만 주십시오."

두 장정이 땅에 머리를 대고 자비를 구했다.

좀 전의 살기는 온데간데없고 비굴한 구걸만 남아 있다.

"내 분명히 경고했소."

청년의 눈은 매서웠다.

"저희가 사람 보는 눈이 없어 대협께 큰 무례를 범했습니다. 잘못했으니 부디 한 번만 자비를 베풀어주십시오, 대협."

"그럴 수는 없소. 무도한 사람을 괴롭히는 것도 모자라 사람을 상함에 거리낌이 없는 그대들의 모습을 보니 내 오늘 단단히 쓴 교훈을 내려야 함이 맞다 싶소."

"아이고, 나리! 대협! 형님!"

엎드려 빌던 장정 하나가 온갖 호칭을 다 동원하며 머리 숙여 용서를 구했다.

"듀글 되를……."

인중을 가격당해 이가 상한 놈이 무릎걸음으로 다가오며 함께 자비를 구했다.

좀 전의 등등하던 기세는 이미 다 사라진 지 오래였다.

달라도 너무나 다른 모습이다.

"용서해 듀딥디오."

엉금엉금 기어 청년의 발밑까지 온 녀석이 애절한 표정으로 청년을 올려다보았다.

뚝뚝 흐르는 선혈이 바닥을 적시고 있다.

"다신 안 그럴 테니 부디 자비를……."

"그럴 순 없소."

청년은 단호했다.

"제발! 나리! 대협!"

수염 거친 녀석이 땅에 머리를 박으며 요란을 떨었고, 이가 상한 놈은 청년의 다리에 매달리며 눈물을 흘렸다.

청년의 얼굴에 당혹감이 일었다.

너무도 간절히 애원하는 놈들을 보니 차마 손을 쓰기가 힘들었던 것이다.

장정들은 더욱 청년에게 매달렸다.

수치도 모르는지 울고불고 난리가 아니었다.

그들의 외침과 눈물에 청년이 고개를 저었다.

울며 잘못을 비는 사람에게 거침없이 손을 쓸 만큼 독하지 못한 성정 탓이다.

"이런……."

청년이 탄식을 했다.

그리고 그게 그의 실수였다.

다리에 매달려 애원하던 놈 중 하나가 소매에서 조그만 비수 하나를 흘려 잡았다.

누구도 눈치채지 못한 은밀한 행동이었다.

울던 얼굴에 살기가 돌았고, 비수가 청년의 발등을 찍어갔다.

"이런!"

섬뜩한 기운을 느낀 청년이 아래를 내려다보았다.

날카로운 비수가 발등에 박히고 있다.

발로 차내려니 비수는 이미 발등에 닿아 있었다.

식은땀이 솟고 심장이 내려앉았다.

후회가 뇌리를 스쳐 갔다.

'당했구나.'

잠시 마음을 흩뜨려 버린 스스로를 자책했다.

후회도, 상황을 다시 되돌리기에도 시간이 늦어버렸다.

청년이 저도 모르게 눈을 질끈 감았다.

"크윽!"

신음 소리가 났다.

허공으로 피가 튀었다.

그러나 다친 자는 청년이 아니었다.

"아악!"

비수를 찍어가던 장정이 피가 솟구치는 손목을 부여잡고
바닥을 뒹굴었다.

어디선가 날아온 조그만 돌멩이 하나가 장정의 손목을 관
통해 버린 것이다.

"그만. 거기까지."

설운이었다.

*   *   *

설운이 볼 때 청년은 순진했다.

무공은 높을지 모르나 경험이 적고 사람 보는 눈이 부족했다.

설운이 봤을 때 장정들은 이런 일에 이골이 난 자들이었다.

무슨 일이든 수년에 걸쳐 꾸준히 반복하다 보면 몸에 자연스러움이 생긴다.

서예를 하는 자가 붓을 들면, 요리를 하는 자가 칼을 들면, 미숙한 초심자와는 달리 붓과 칼을 쥐는 손이 부드럽고 자연스럽다.

장정들 역시 마찬가지였다.

말하는 투와 행하는 몸짓에 어색함이 없었다.

적어도 몇 년 이상 더러운 시정 바닥을 뒹굴었다는 얘기다.

그런 자들이 실제 무공을 지닌 자와 겉멋만 든 자들을 구분 못할까.

청년의 검과 자세는 분명 무공을 제대로 익힌 자의 것이었다.

그럼에도 그들이 그것을 못 알아보고 덤벼들었을까? 괜히 허세를 부리려고?

그럴 리 없었다.

사람은 누구나 마찬가지겠지만, 특히나 자기 목숨 소중히 여기는 자들이 시정 혹도 패거리다.

남을 해할 때는 한없이 잔인하고 냉정한 자들이지만, 자기 몸의 조그만 생채기는 크게 신경 쓰는 자들이 바로 그들이었다.

그런 자들이 겁도 없이 덤벼든다? 있을 수 없는 일이었다.

장정들은 청년이 등장했을 때부터 이런 결말을 예상하고 일을 벌였다.

적당히 부딪치며 상대의 힘을 가늠한 뒤 되겠다 싶으면 자신들이, 안 되겠다 싶으면 좀 더 사람을 모아 뒤를 준비하면 되었다.

감당 못할 상대라 판단했다면 청년이 등장하던 그 순간에 대충 꼬리를 말고 물러섰을 터.

설운이 판단컨대, 저 장정들은 이런 경우를 한두 번 겪어본 자들이 아니었다.

익숙하고 노련했다.

청년의 미숙함이 너무도 잘 드러날 만큼.

"그만 궁상떨고 일어나."

설운이 천천히 걸어가며 장정들과 눈을 맞추었다.

장정들의 얼굴에 낭패한 기색이 역력하다.

다가오는 사내는 청년과 달랐다.

눈빛도, 걸음도 허울 좋은 협사 나부랭이가 아니었다.

죽음을 아는 눈빛, 피해야 할 자였다.

아무래도 끝이 좋지 않을 것 같은 예감이 들었다.

"한 놈은 살려주지."

웅크린 채 손목을 잡고 있는 장정을 보며 설운이 말을 건넸다.

"너?"

슬쩍 웃으며 던지는 설운의 말에 장정이 잠시 당황했다.

"싫은 모양이군."

설운이 조금의 망설임도 없이 장정의 목을 꺾어버렸다.

두두둑!

둔탁한 소리에 이어 한순간 시체가 되어버린 장정이 털썩 무너져 내렸다.

갑작스런 일에 모두가 말을 잃었다.

죽음이 허망하다고는 하지만 이토록 어이없는 경우는 처음이다.

예고도 경고도 없이 파리가 죽듯 한 목숨이 사라져 버렸다.

꿀꺽.

누군가 마른침을 삼켰다.

서늘한 한기가 장내를 스쳐 갔다.

설운이 다른 놈에게로 눈을 돌렸다.

"그럼 너?"

설운이 바라보자 눈을 마주한 장정이 급하게 고개를 끄덕인다.

생각과 판단을 하기 이전에 본능적으로 끄덕이는 고갯짓이다.

원래 보통은 그렇다.

뭔가 말이 오가거나 어쭙잖은 훈계가 내려진다.

그러면 그 시간 동안 최대한 살 궁리를 모색하는 것이 일반적이다.

귀는 뚫려 있으니 말은 들어오겠지만, 머리는 딴생각으로 바쁘다.

지금까지는 그랬다.

한데 이자는 그런 게 없었다.

짧게 말 한마디 하고는 너무도 자연스럽게 동료 하나를 죽여 버렸다.

사람을 죽임에 거리낌이 없는 자, 말보다 행동이 앞서는 자.

위험한 자였다.

언제 저자의 손에 죽어도 이상하지 않을 만큼 상대는 잔혹한 자였다.

살려준다는 말에 모든 생각이 다 사라졌다.

최대한의 반응을 보여야 한다는 생각뿐이다.

과격하게 고개를 끄덕였다.

죽음을 좋아하는 사람은 없는 법이니.

"좋아, 너로 하지."

결정이 났다.

낙점을 받은 놈의 얼굴에 죽다 살아난 자의 지극한 환희가 떠올랐고, 나머지 녀석들의 얼굴엔 절망이 드리워졌다.

설운이 가볍게 미소를 지으며 다른 놈들을 둘러보았다.

"헉!"

"안 돼. 안 돼!"

다가올 운명을 예상했는지 나머지 녀석들이 경악하며 서둘러 몸을 일으켰다.

그리고 그중 그나마 몸이 성한 한 놈이 비명을 지르며 죽을 힘을 다해 도망쳤다.

다른 자들의 마음도 별반 다르지 않았다.

다만 몸이 성하지 못해 그러지 못할 뿐.

그래서 그들은 설운을 피해 뒤로 몸을 물렸다. 조금이라도 더 멀어지기 위해.

"이거 어쩐다?"

달아나는 장정을 보며 설운이 고개를 갸웃거렸다.

"한 놈만 살릴 생각인데……."

"대, 대, 대협!"

조금 전 지목 받은 놈이 말을 더듬으며 무릎을 꿇었다.

"사, 살려주십시오, 대협!"

녀석은 모든 것을 걸고 목숨을 애원했다.

아마 평상시였다면 이렇게까지 비굴하진 않았을 것이다.

아무리 자기 몸 소중히 여기는 흑도패라 하더라도 때로는 자존감이 목숨보다 더 가치 있게 느껴질 때도 있으니 말이다.

그러나 지금 이 순간만큼은 달랐다.

설운이 전하는 분위기와 기세에 그의 잔인한 손속까지 보고 나니 다른 생각은 전혀 들지 않았다.

녀석은 설운에게서 악귀를 보고 있었다.

인근에서 가장 잔인하고 흉포한 자라고 알려진 그들의 두목도 이런 종류의 두려움을 주진 못했다.

그는 진짜 악인이고 악귀였다.

"크아악!"

다시 비명이 울렸다.

멀리 달아나던 놈이 커다란 비명을 지르며 허공에 피를 뿜어내고 있다.

허물어지듯 쓰러지는 덩치. 어찌 된 영문인지는 몰라도 달아나던 놈이 채 시야에서 벗어나기도 전에 그 숨을 다한 것이다.

"약속은 지켜야겠지?"

설운이 웃으며 잘게 떨고 있는 녀석 하나를 쳐다보았다.

웃고 있지만 전혀 친근감이 느껴지지 않는 미소였다.

*　　　*　　　*

"꼭 그러셔야 했소이까?"

저잣거리를 향해 걸어가는 설운의 뒤에서 청년이 불만을 전했다.

"사특하나 저들도 사람입니다. 비록 큰 죄를 지었다 하나 죽을 정도의 대죄는 아니지 않습니까?"

청년이 얼굴을 붉히며 설운에게 해명을 요구했다.

그가 생각하기에 설운의 처사는 지나침이 있었다.

만약 죄를 묻는다 하더라도 다리나 팔 하나 부러뜨리는 정도면 충분하고도 남을 일이었다.

그런데 사람 목숨을 저리 가벼이 여기다니 도저히 용납하기 힘든 행동이었다.

"뭐라 말씀을 해보십시오."

고준(高俊)이라고 이름을 밝힌 청년이 언성을 높였다.

일벌백계(一罰百戒)의 단호함은 그도 부정하진 않았지만, 지나친 징벌은 도의에 어긋난 것이라고 생각하기 때문이다.

묵묵히 길을 걷던 설운이 걸음을 멈춰 세웠다.

그리고 무표정한 얼굴로 청년을 돌아보았다.

차가운 얼굴이다.

"네가 저 객잔에서 살 것이냐?"

"뭐요?"

"네가 저 객잔에서 주인이 죽을 때까지 평생 같이 살 것이냐 물었다."

"뜬금없이 그게 무슨 말……."

"아니라면 함부로 나서지 말아야 했다."

설운이 냉정한 눈빛으로 청년을 응시했다.

그리고 다시 고개를 돌리고는 가던 걸음을 이어간다.

"이보시오!"

"멀쩡하게 생긴 놈이 상황 판단은 영 꽝이구만."

설운이 한마디를 더 하고는 입을 닫았다.

더 이상 할 말이 없다는 뜻이다.

"그게 무슨 말이오? 내가 무슨……."

"앞으로 나서기 전에 먼저 생각을 해야 한다. 저들이 누구인지, 어떤 자들인지, 수나 세력은 얼마나 되는지, 그리고 나서 판단해야 한다. 보기 불편해도 참는 것이 나은지, 아니면 끝까지 모든 것을 해결해 주고 네 갈 길을 갈 것인지."

두어 걸음 앞서 걸으며 설운이 흘리듯 말을 이어갔다.

"조금 전, 설사 네가 그놈들에게 상해를 입지 않았다고 해도 그 뒤는 좋지 않았을 게다. 너는 떠났을 것이고, 그들은 다시 찾아왔겠지. 너에게 당한 빚까지 얹어서 주인은 봉변을 당했을 테고."

고준이 고개를 끄덕였다.

"인정하오."

"알면 됐다."

수긍이 빠른 청년이었다.

쓸데없는 아집은 없었다.

"그래도……."

그러나 가치판단의 기준은 확실한 청년이었다.

"과한 것은 사실이오."

"과했다는 말이냐?"

"그렇소."

고준은 자신의 과오를 인정했다.

하나 그렇다고 설운에 대한 마음이 완전히 풀린 것은 아니었다.

어쨌든 그의 손속은 과함이 있었다.

형세 판단은 그가 맞았지만, 자신의 행동이 미숙했던 것도 사실이지만, 그게 그의 행동에 대한 정당성을 부여하는 것은 아니었다.

"당신은 그들을 죽여서는 안 되었소."

고준이 또렷한 음성으로 앞서가는 설운의 등 뒤로 뜻을 전했다.

"누구나 자기만의 방법이 있는 법이다."

"그래도 과한 것은 과한 것이오."

"나는 그런 사람이다."

고준만큼 뚜렷한 음성이 고준의 귀를 파고들었다.

"그게 나만의 방식이고."

설운 또한 주관이 뚜렷했다.

고준은 더 이상 반박하기가 힘들었다.

그의 주관이라는데 거기에 무슨 말을 덧붙일 수 있을까.

"근데 왜 아까부터 자꾸 반말이십니까?"

그러나 할 말이 끝난 것은 아니었다.

"그쪽 나이가 저보다는 조금 많아 보이긴 해도 서로 초면입니다. 기본적인 예의는 지켜야지요."

예의에 민감한 고준이 다른 것으로 설운을 걸고 들어왔다.

"네 말대로야. 내가 나이가 많으니까. 난 이때까지 단 한 번도 나보다 어린 사람에게 존대를 해본 적이 없어."

어린 사람뿐만 아니라 궁에 있을 때에도 사부 외에 그 누구한테도 존대를 해본 적이 없던 설운이다.

반말은 그에게 자연스러운 것이었다.

물론 고준에게 반말하는 것은 그 이유 때문이 아니었다.

정확히 말하면 자연스레 반말이 튀어나왔다.

그것은 둘 중 하나를 의미했다.

적의를 가졌거나 호의를 느꼈거나.

고준은 눈치채지 못했지만, 설운이 고준을 보는 것은 후자 쪽이었다.

"그래도."

"꼬우면 너도 반말해. 다만 뒤는 책임 못 진다."

"세상에 그런!"

고준이 언성을 높이며 다시 발끈했다.

그러나 설운의 말처럼 마주 반말을 하지는 않았다.

예를 배우며 바르게 자란 탓인지, 아니면 싸늘하게 식어 있는 설운의 눈빛 탓인지는 모르겠지만 말이다.

　　　　*　　　*　　　*

　설운은 약속대로 장정 한 명을 살려주었다.

　하지만 그것은 설운이 장정에게 관용을 베풀어준 것이 아니었다.

　처음부터 설운의 생각은 한 가지였다.

　어떤 경우에라도 객잔 주인에게 해가 되는 일이 없도록 하겠다는 것. 그래서 한 명을 살려 보냈고, 그 뒤를 황노에게 맡겼다.

　남은 건 결과뿐이다. 다시 피를 보든가, 황노가 처리해 놓은 결과를 감상하든가.

　저잣거리로 들어선 설운과 고준은 어렵잖게 흑도패의 본거지를 찾을 수 있었다.

　사실은 쉬웠다.

　수많은 사람이 모여 웅성거리며 수군대는 곳이 그곳 한 곳뿐이었으니까.

　몰린 사람들 틈 사이로 헤쳐 나가니 제일 먼저 역겨운 피냄새가 둘을 맞이했다.

　부서진 나무문 사이로 여기저기 널려 있는 참혹한 시체들이 보였다.

　멀쩡한 시신은 없었다.

포악한 짐승의 습격을 받은 듯 갈기갈기 찢긴 시체들의 모습은 비위 약한 이라면 잠깐 눈 두는 것조차도 어렵게 만들었다.

　마령시를 데려간 모양이다.

　"이건… 정말……."

　고준이 머리를 흔들며 말을 잇지 못했다.

　충분히 이해가 가는 상황이다.

　"대체 누가 이런 만행을 저질렀단 말인가?"

　고준이 화를 냈다.

　"사람으로 태어나 어찌……."

　고준은 이 일의 소행이 황노임을 몰랐다.

　아니, 황노의 존재 자체를 몰랐다.

　그래서 눈앞의 역겨운 광경이 설운과 연관이 있음을 알지 못했다.

　'함부로 돌리면 안 되겠구나.'

　설운은 한 가지를 확실히 깨달았다.

　마령시가 저지른 만행 아닌 만행을 보며 황노에게 함부로 일을 맡겨서는 안 되겠다고 굳게 마음먹었다.

　행동의 잔혹함을 탓하는 게 아니었다.

　그 역시 황노가 벌인 일이 몸서리치도록 잔혹한 일이라고는 생각하지 않으니까.

　이보다 더한 것도 숱하게 봐왔다.

이 정도는 아무것도 아니었다.

다만 이렇게 굳이 눈에 띄는 행동을 해서 사람들의 관심을 불러일으킬 이유는 없다고 생각했다.

수위 조절이 필요했다.

'주의를 줘야겠군.'

더 할 일이 없음을 깨달은 설운은 미련 없이 등을 돌렸다.

객잔 주인은 무사할 것이다.

제4장
양백지탄(梁伯之嘆)

　종남파는 섬서 남쪽 종남산에 그 근거를 둔 도가(道家) 계열의 검파이다.

　타 문파에 비해 유달리 부침이 심해 강할 때는 소림, 무당과 그 어깨를 나란히 할 때도 있었으나 모자랄 땐 구대문파의 말석에도 끼지 못할 만큼 세가 약할 때도 많았다.

　같이 섬서에 있으면서 오랫동안 구대문파에 꿋꿋이 그 한자리를 차지하고 있는 화산파에 비해 종남이 그토록 부침이 심한 이유는 다름 아닌 종남 무공의 독특한 특성 때문이었다.

　종남을 대표하는 검법인 유운십이포천검(流雲十二抱天劍), 흔히 유운검법이라 불리는 십이 초의 이 절대검식은 환검 계열의 검식으로선 가히 천하제일이라 할 만했다.

일초 백변(百變), 이초 만변(萬變)이라는 세간의 말처럼 종남의 유운검법은 그 변식이 유려하면서도 복잡 미묘해서 대성할 경우 능히 천하제일검의 칭호를 받음에 모자람이 없을 정도이다.

문제는 검법이 너무나 복잡하고 오묘하다 보니 초식마다 담겨 있는 심오한 검리와 검로를 제대로 이해하고 익혀내는 제자가 극히 드물다는 것이다.

수련하고 익히는 제자는 많았으되 상승의 경지에 이르는 자가 적었고, 환검의 특성상 어중간한 상태의 무공 수위로는 차라리 검을 빼 들지 않는 것이 나으니 걸출한 제자가 있어 검의 진수를 제대로 표출하는 자가 나오지 못하면 종남의 세력 또한 줄어들 수밖에 없었다.

다행히 당금의 종남은 그 위세가 좋은 때였다.

그 바탕엔 종남 장문인의 사제이자 수백 제자의 정신적 지주인 종남일검(從南一劍) 여운검(麗雲劍) 양백(梁伯)이 있었다.

그는 종남 역사 이래 처음으로 유운검법을 대성한 자이자 천하에서 열 손가락 안에 드는 검의 고수였다.

시대의 절대자인 우내팔존에 버금가는 위명과 존경을 받는 고수, 그가 바로 양백이었다.

양백은 종남을 사랑했다.

생의 이유가 종남에 있었고, 때문에 죽어서라도 종남에 도움 되기 위한 방안을 늘 고민하는 사람이었다.

그의 성정을 나타내는 유명한 일화가 하나 있다.

팔 년 전, 혈령귀마의 겁난 때 하필 그는 폐관 수련에 들어 있었다.

겁난의 소식을 듣고 그가 폐관동을 나섰을 때엔 이미 혈령귀마는 광검무제에 의해 패퇴한 뒤였다.

그가 본 것이라곤 무림결사대에 참여했다가 돌아오지 못한 종남 제자들의 위패뿐이었다.

그날 종남 제자들은 처음으로 양백이 화내는 모습을 보았다고 했다.

자신의 잘못으로 아까운 제자들의 목숨이 사라졌다며 머리를 푼 채 며칠을 울며 죄를 빌었다고 한다.

그의 잘못이 아니건만 그는 스스로를 탓했다.

그리고 끝내 스스로의 분을 이기지 못해 피를 토하며 쓰러지고 말았다.

─이 늙은이의 안위가 뭐 그리 중할까? 문파의 미래를 짊어질 제자들이 이렇게 헛된 주검이 되어 돌아왔는데. 나가도 내가 가야 했고 죽어도 내가 죽어야 했어. 내 탓이야. 다 내 탓이야.

위패가 모셔진 전각 앞에서 양백은 다시 삼 일을 무릎을 꿇고 죄를 빌었다.

보는 것이 종남밖에 없는 사람. 모든 관심이 사문의 제자들에게 쏠려 있는 사람. 무공의 경지가 오를 때마다 종남에 도움이 될 수 있어 더없이 기쁘다며 웃었던 사람.

그가 종남의 큰어른 양백이었다.

*   *   *

어두운 밤. 종남 장문인이 거하는 장문각 안에서 한탄의 목소리가 새어 나왔다.

"왜요? 왜 이러신 거요?"

윤기 나는 백발을 고이 올려 상투를 튼 노인, 백미에 백염이 입고 있는 푸른빛 도복과 조응하여 더욱 환히 빛나는 칠순 노인, 발그레한 얼굴색이 매끄러운 피부 위에 자리해 나이보다 한참은 젊어 보이는 노인.

여운검 양백.

종남의 큰어른이자 종남의 대들보인 그가 사형이자 종남의 장문인 도현(道玄)을 앞에 두고 간곡한 목소리로 탄식을 토해냈다.

"종남을 위해서야."

감정 없는 메마른 목소리였다.

"무엇이 종남을 위한 일이란 말이오?"

"모든 게, 이 모든 게 다 종남을 위한 일이네."

"나를 이리 핍박하는 것이 종남을 위하는 것이란 말씀이시오?"

양백이 흩어지는 내기를 간신히 끌어모으며 땅을 디딘 두 발에 힘을 더했다.

멀쩡한 듯 서 있었지만 실상은 그렇지 못했다.

방금 전, 아무런 의심 없이 장문각으로 들어서는 양백에게 도현은 차를 권했다.

"독이오?"

몇 모음 차를 맛보던 양백이 안색을 굳히며 도현을 노려보았지만 늦었다.

"아니네. 내 아무렴 자네에게 독을 쓸까. 산공독이야. 멀쩡한 자네는 감당하기 어려우니 말일세."

양백은 내기를 일주천시켜 보았다.

희미한 흔적만 느껴질 뿐 제대로 모이는 진기가 없었다.

내공이 사라진 것이다.

"대체?"

양백은 영문을 몰랐다.

아무리 생각해 봐도 사형이자 장문인인 도현이 자신에게 이럴 이유가 없었다.

"대체 이유가 무엇이오?"

"말했네. 종남을 위해서라고."

"궤변이오."

"어찌 받아들이든 상관없네. 어차피 결정된 일이고, 변하지 않을 테니까."

"장문, 아니, 사형, 정녕 내가 아는 그 사형이 맞소?"

"맞네."

"아니오. 사형은 내가 아는 그 사형이 아닌 듯하오. 누구보다 종남을 사랑하는 사형이라면 종남을 위한다는 말도 안 되는 핑계로 나를 이리 핍박할 리가 없소."

도현은 대답을 하지 않았다.

딱히 더 할 말도 없었다.

무슨 말을 덧붙일까?

"얘기는 그만하세."

도현이 더 이상의 대화를 불허했다.

굳은 표정이 마른 나무토막 같았다.

'종남이라……'

도현은 마음이 편치 않았다.

내려온 명이라 따랐지만 쌓인 정이 적지 않은 탓이다.

하나 어쩔 수 없는 일이었다.

그와 양백은 입장이 다르다.

그는 종남만 보지만, 도현은 종남 이전에 보아야 할 것이 따로 있었다.

이 모든 것은 위의 뜻이었다.

자신은 그대로 따를 뿐이다.

도현에게 종남은 소중한 곳이다.

그리고 자신의 현재 자리는 누구도 우러러볼 위치이기도 했다.

그러나 도현에겐 그보다 더 중한 것이 있었다.

귀전.

만약 애초에 자신이 귀전의 사람이 아니었다면 그는 두 번 고민 없이 평생을 종남을 위해 헌신했을 것이다.

감히 자신할 수 있었다.

하나 그는 종남의 장문인이기 이전에 귀전의 특급 간자였다.

귀전 비단(秘團) 소속의 간자 편월(片月).

그것이 그의 본신 정체였다.

귀전의 영광.

양백이 종남을 위해 살듯 그는 귀전을 위해 살고 있었다.

지금의 이 일은 귀전을 위한 일이었다.

종남에겐 불행한 일이 되겠지만 귀전에겐 아니다.

종남도 중하나 우선순위는 벌써부터 정해져 있었다.

고민할 거리가 되지 못했다.

"명을 내리십시오."

방 한쪽에 서 있던 두 명의 흑의복면인 중 하나가 공손히 도현의 의중을 물었다.

"예정대로 하게. 본 전의 명은 그 무엇보다 중요한 것이니."

"알겠습니다."

도현에게 가볍게 고개를 숙인 후 돌아서는 복면인의 눈빛에 살기가 감돌았다.

양백이 입술을 깨물며 검병에 손을 얹었다.

그러나 이미 결과가 보이는 싸움이다.

"피를 보고 싶진 않네. 순순히 따르게."

"내가 어떤 사람인지 잘 아시면서 그런 말을 하십니까?"

"결과가 뻔한 일이야. 헛수고일세."

말을 하던 도현이 눈짓하자 복면인 하나가 양백을 향해 검을 뻗었다.

양백은 호락호락한 사람이 아니었다.

비록 내공은 흩어졌지만 그의 검은 여전히 경시해서는 안 됐다.

양백이 검을 쥐고 도현을 향해 몸을 날렸다.

"흥."

콧소리와 함께 도현이 자리를 박차고 올랐다.

복면인이 도현을 따라 몸을 날렸다.

둘은 양백에게 협공을 했다.

양백은 몰랐지만, 사실 도현 또한 양백 못지않은 고수였다.

정상적으로 맞붙는다 해도 둘은 호각이다.

무공의 원류가 달라 정체를 숨기기 위해 스스로의 경지를 드러내지 않고 있었을 뿐이다.

거기에 도현은 귀전에서 보낸 조력자까지 있었다.

엇비슷한 경지의 상대 둘을 동시에 상대해야 하는데 공력까지 사라진 상황이다.

양백은 일방적으로 밀릴 수밖에 없었다.

양백의 검은 도현과 복면인이게 어떤 피해도 입히지 못했다.

싸움은 금방 끝났다.

양백은 쓰러졌고, 복면인이 쓰러진 양백의 혈도를 점했다.

다른 복면인이 양백에게 다가와 그를 들쳐 멨다.

양백은 아무런 저항도 없이 가만히 그가 하는 행동을 바라보기만 했다.

이미 혈을 짚여 몸의 지배력을 잃은 그에게 저항은 애초에 불가능한 일이었다.

깊은 밤의 은밀한 거사는 성공했고, 양백은 사로잡혔다.

상황은 그렇게 종결되었다.

"그곳으로 데려가게."

"존명."

복면인 둘은 지시받은 대로 양백을 종남 지하에 있는 비밀 장소로 데려갔다.

종남에 있는 공간이나 종남은 모르는 비밀스런 공간.

거대 문파의 한쪽에 은밀히 자신들의 비처를 마련해 둔 것을 보면 종남에 귀전의 간자가 스며든 것이 어제오늘의 일이 아님을 알 수 있었다.

귀전의 뿌리는 그만큼 깊었다.

홀로 남은 도현이 가늘고 길게 숨을 내쉬었다.

답답했던지 창을 열어 바람을 방 안으로 들였다.

귀전의 간자로 종남에 침투한 지 어언 오십여 년. 생각해 보면 평생의 대부분을 이곳 종남에서 보냈다.

생각해 보니 한편으론 우습기도 했다.

귀전의 사람이나 온전한 귀전의 사람으로 보낸 시간은 불과 십 년이 채 되지 않았다.

그런데 고작 그 십 년도 안 되는 짧은 시간이 이곳에서의 오십 년 세월을 집어삼켰다.

'허허.'

헛웃음이 났다.

충성심이 흔들려서가 아니다.

다만 삶의 기이한 모순이 그에게서 쓴웃음을 끄집어냈을 뿐이다.

도현은 창을 닫았다.

잠깐의 감상은 그걸로 족했다.

자리에 앉은 도현은 이전과 다름없이 다시 종남 장문인으로 돌아갔다.

자신에게 내려온 지령 중에 하나를 마쳤다.

그리고 이전에도 그랬든 이번 임무에서도 실수가 없었다.

단 하나, 그가 모르게 그들의 일을 전부 엿들은 자가 한 명
있다는 것을 몰랐다는 것만 빼면 말이다.

*　　　*　　　*

　"이쯤에서 헤어져야겠군요."
　멀리 종남산이 보이는 서안(西安)에 들어서자 고준이 작별
을 고했다.
　객잔에서부터 얼떨결에 함께한 동행이 서안에까지 이어졌
다.
　종남에 볼일이 있는 설운처럼 고준은 고준대로 이곳 서안
에 있는 어느 객잔에서 그의 친인을 만나기로 약속이 되어 있
었다.
　"그렇군."
　설운이 고개를 끄덕였다.
　"안 보게 됐으니 시원하시죠?"
　고준이 웃으며 농을 건넸다.
　"네 잔소리를 더는 듣지 않아도 된다고 생각하니 벌써부터
심신이 상쾌해지는 것 같다."
　"잔소리가 아니라 진언입니다."
　"뭐가 됐든. 그동안 내 귀가 고생한 걸 생각하면."
　"그러니 처신을 바꾸심이……."

"그만."

또 시작되는 고준의 말에 설운이 재빨리 말허리를 잘랐다.

"그만하고 얼른 가."

"하하, 알겠습니다."

고준이 밝은 표정으로 한번 씩 웃더니 설운을 바라보며 마주 섰다.

비록 첫 만남의 인상이 좋지는 않았지만, 사람은 겪어봐야 알 수 있는 법. 서안까지 함께 걸으며 고준은 설운이 자신이 생각한 것보다는 괜찮은 사람이란 것을 깨달았다.

손속이 과감하고 다소 예가 부족해 보이는 것이 마음에 들진 않았지만, 강호에 나온 이후 그보다 나은 이를 만난 기억이 없을 만큼 알고 보니 괜찮은 사람이 설운이었다.

"꼭 다시 뵀으면 합니다."

"난 별로."

설운이 고개를 저으며 고준에게서 거리를 두었다.

설운답지 않은 싱거운 행동이었다.

"하하, 그럼 조심히 가십시오."

고준이 머리를 숙여 예를 표했다.

"그래, 너도."

고준이 몸을 돌렸다.

설운은 웃으며 고준을 보냈다.

걸으며 몇 번 고개를 돌려 보던 고준이 이윽고 붐비는 대로(大路) 안으로 사라져 갔다.

설운은 이제 사라져 보이지 않는 고준의 뒤를 잠시 더 시간을 두고 바라보았다.

─언제고 제가 이해할 수 있는 날이 올지도 모르지요. 그러나 여전히 저는 납득이 되질 않습니다.

바르지만 고지식한 청년이었다.

타고난 성격인지, 쓸데없는 고집인지, 자존심인지, 이도 저도 아니면 너무나 곧은 성정 탓인지.

어쨌든 그는 참나무 같았다.

부러지되 휘어지지는 않을 사람이었다.

누구와 닮았다는 인상을 받았다.

그래서 더 깊게 남는지도 모른다.

협사(俠士), 의인(義人).

고준은 그런 말이 잘 어울리는 청년이었다.

설운은 돌아서가는 고준의 뒷모습을 잠시 지켜보았다.

생각할수록 참 자신과는 반대되는 청년이었다.

설운은 죽이기만 했다.

혈령이 되고, 궁의 첫 임무를 수행하던 그날부터 설운이 해야 할 일은 오직 살생뿐이었다.

상대의 상황이나 일의 정황은 전혀 고려의 대상이 아니었다.

목표가 정해지면 그것이 하나든 백이든 없앨 뿐이었다.

혈령은 그런 자였고, 그래야 했다.

부상자나 포로는 필요 없었다.

궁이 원하는 것은 깨끗한 소멸. 설운은 언제나 그 뜻에 제대로 부응했다.

—과했소.

청년의 말이 자꾸 귓가를 맴돌았다.

한 번도 생각해 보지 않은 부분을 청년이 건드렸다.

살려준다.

용서해 준다.

이해는 가는 말이지만 지난 습성에 익숙한 몸은 검끝에 여지를 남겨두지 않았다.

그리고 굳이 그럴 필요를 못 느끼는 것도 사실이다.

'달라져야 하나?'

위치가 달라지니 생각할 게 많아졌다.

어찌 보면 혈령일 때가 차라리 편했다는 생각도 들었다. 그렇다고 해도 돌아갈 마음은 없지만.

해가 오르고, 볕이 따가웠다.

걷는 걸음 아래로 그림자가 따라온다.

빛이 밝을수록 그림자는 검어진다.

설운은 자기를 따라다니는 그림자를 보며 자신의 처지를 생각했다.

어두워 보이지 않을 때는 몰랐다.

하지만 빛이 강하니 그림자는 무척 짙다.

너무나 검어 천하에서 가장 깨끗한 물로 씻어도 씻기지 않을 게 분명하다.

왠지 뭔가 억울한 마음이 들었다.

*   *   *

고준에 이어 설운마저 떠난 자리.

한참의 시간이 흐른 뒤 백의를 입은 무인들이 모습을 드러냈다.

면사를 쓴 여인 하나와 다섯의 사내. 사내 중 한 명은 예전 대야평 근처 야산에서 옥유경을 데려간 바로 그 사내였다.

"마침내 서안이네요."

듣는 이의 귀를 즐겁게 하는 청아한 목소리가 면사를 쓴 여인에게서 흘러나왔다.

옥유경이었다.

사람들의 복색이 통일된 것으로 보아 모두 천룡문의 제자인 게 분명했다.

"어디라고 했지?"

일행 중 나이가 좀 있어 보이는 사내가 다시금 목적지를 확인했다.

"장안객잔입니다."

또 다른 사내가 답을 했다.

"장안객잔이라……. 좋아, 바로 그 쪽으로 간다."

말을 마친 사내가 조금의 지체도 없이 걸음을 옮겼다.

임무의 시작이 객잔에서부터이기도 했고, 꽤 먼 거리를 달려온 피곤함 탓도 있다.

사내의 말에 다른 일행 모두가 다시 걸음을 옮겼다.

그들이 향하는 곳은 장안객잔. 걸음의 방향은 고준이 걸어간 곳과 똑같았다.

*   *   *

고준과 헤어진 설운은 그가 원하는 곳을 찾아 이리저리 돌아다녔다.

반 시진쯤 걷다 보니 우측으로 커다란 삼 층 객잔이 하나 보인다.

장안객잔.

바로 그가 찾던 곳이다.

붉은 기와에 금빛 기둥이 독특한 장안객잔은 규모와 시설, 그리고 오랜 전통에 이르기까지 객잔이 갖추어야 할 모든 미덕을 다 갖춘 서안 최고의 객잔이었다.

보통의 객잔보다 두 배는 더 커 보이는 입구를 지나 안으로 들어가니 여느 객잔과는 달리 꽤 정돈된 복장을 한 점소이가 들어서는 설운을 친절히 맞아주었다.

"백실(白室)을 주게."

"예약하셨습니까?"

설운이 고개를 끄덕였다.

"성함이?"

"홍경(弘慶)."

"이쪽으로 오시죠."

점소이가 설운에 앞서 걸으며 그를 삼 층으로 이끌었다.

객실은 넓었다.

넓은 정도가 아니라 어른 십여 명은 족히 지낼 수 있을 만큼 다양한 시설 또한 갖추어져 있었다.

독립된 방 세 개와 가운데엔 거실, 거기에 따로 마련된 회의장까지 일반 객잔에서는 결코 볼 수 없는 독특한 구조였다.

아무나 쓸 수 있는 방도 아니었다.

황족이나 고관장상이라 해도 마찬가지였다.

이 모두를 이용할 수 있는 자는 오직 단 한 사람, 광명회의 백검주뿐이었다.

장안객잔은 회의 서안지부였다.

"만나 뵙게 되어서 영광입니다. 저는 지부에 속해 있는 황자충(黃子忠)이라 합니다. 앞으로 검주의 수발을 담당할 사람이니 필요하신 일이 있으면 언제든 불러주십시오."

점소이 황자충이 격동을 억누르며 인사를 올린다.

회에 들어온 지 십 년, 말로만 듣던 백검주를 마침내 처음으로 직접 대면하게 되니 그 설레는 마음은 이루 헤아리기 힘들었다.

"잘 부탁하네."

설운이 웃으며 황자충의 인사를 받아주었다.

"부탁이라니요. 당치 않으십니다. 그저 편히 부리시면 됩니다."

황자충이 거듭 고개를 숙이며 공경을 표했다.

조직 최고 고수를 마주하고도 평정심을 유지하기란 결코 쉬운 일이 아니었다.

자신이 맡은 일이기는 하지만 직접 검주를 만나고 이렇게 얘기까지 나누니 황송한 마음이 절로 일었다.

"잠시만 기다려 주십시오. 지부장께서 곧 오실 겁니다."

"알겠네."

황자충이 다시 한 번 깊게 절을 올리고는 종종걸음으로 방을 나갔다.

문을 나서는 그의 얼굴은 여전한 흥분과 긴장으로 붉게 홍조가 맺혀 있었다.

"들어가도 되겠습니까?"

얼마 후, 가벼운 헛기침 소리와 함께 장안객점의 주인이자 회의 서안지부장을 맡고 있는 이금호(李金虎)가 들어왔다.

오십 대 중반으로 호감형의 얼굴에 툭 튀어나온 뱃살이 사람 좋은 인상을 풍기는 사내였다.

서안에서 삼 대째 객잔을 운영 중이라는 이금호는 회주 손천우와 사적으로 맺어진 연을 바탕으로 회의 일에 동참한 사람이었다.

인재와 재물이 부족하던 초창기에 자신의 인맥과 재산을 아낌없이 베풀어준 회 설립의 일등공신이 바로 이 사람 이금호였다.

몇 마디 인사가 오갔고, 서로를 향한 덕담이 뒤를 이었다.

그렇게 단순한 안부치레가 지나자 이금호가 본격적으로 말을 꺼내기 시작했다.

"종남으로 향하신다는 말을 들었습니다."

"일이 그렇게 되었습니다."

"마각의 뒤를 쫓고 계시다구요."

"어쩌면 마각과 귀전 둘 다일지도 모릅니다."

"그렇잖아도 종남에 수상한 흐름이 있어 회에 기별을 넣던 참이었는데, 마침 잘됐습니다."

"수상한 흐름이라고요?"

"그렇습니다."

몇 마디 말을 더 건넨 이금호가 황자충을 시켜 사람 하나를 데려왔다.

종남의 복색을 한 어린 도사였다.

도사는 이금호를 보고 인사하고는 한쪽 구석에 마련된 의자에 자리했다.

"종남 제자로 수관(水貫)이라는 아이입니다. 저와 사적으로 친분이 깊은 아이이고 종남 장문 도현의 시동이기도 하지요. 그런데 며칠 전 이 아이가 몰래 저를 찾아왔더군요. 할 얘기가 있다면서. 그리고 놀라운 말을 들었습니다. 자세한 얘기는 직접 들어보시지요."

이금호가 수관을 불렀다.

"말씀드려라."

"그게……."

수관이 설운에게 자신이 보고 들은 것을 말하기 시작했다.

그가 하는 얘기는 양백과 도현 사이에 있던 바로 그 사건이었다.

도현과 양백이 만난 일, 그리고 둘 사이에 다툼이 있었던 일, 그리고 양백이 흑의복면인에게 실려 나간 일까지. 그날 밤 종남 장문인의 거처에서 있던 일을 수관은 소상히 설운에게 말했다.

"놀라운 일이군요."

"심각한 상황이지요. 저 아이의 말대로라면."

"그런데 한 가지 이해가 잘 되지 않는 부분이 있습니다."

말을 듣던 설운이 의문을 표했다.

"어찌 무사했을까요?"

말은 이금호에게 하고 있었지만 시선은 수관을 향하고 있었다.

당연한 의문이다.

눈앞의 종남 도사는 어리고 경지가 낮은 인물이다.

아무리 몰래 숨어 듣는다 해도 도현이나 양백과 같은 고수의 이목을 피하기는 힘들었을 터.

"그건……."

수관의 얼굴이 붉어졌다.

"제가 말씀드리지요."

이금호가 수관을 대신에 말을 이었다.

"사실 이 아이는 제 외조카 되는 아이입니다. 얘가 아주 어릴 때 나름 영특한 면이 있어 이 녀석 부모에게 이놈을 종남 제자로 넣어보는 것이 어떻겠느냐고 권했지요. 그리고 혹시나 싶어 도관에 들기 전에 제가 따로 준 선물이 하나 있습니다. 무림이란 게 한 치 앞을 보기 힘든 험난한 곳이 아니겠습니까? 그래서 제가 잡술 하나를 가르쳐 주었지요. 최소한 제 몸 하나는 지키라고. 은비술(隱秘術)이라고, 일종의 귀식대법입니다."

"그러셨군요."

설운이 그제야 이해가 간다는 듯 고개를 끄덕였다.

앉아 있는 수관의 얼굴이 더욱 붉어졌다.

은비술이란 한마디로 몸을 숨기는 비술이다.

호흡도 심장도 모두 멈춘 상태에서 마치 시체처럼 일정 시간을 지내는 비술이다.

모든 신체 기관이 기능을 멈춘 채 시전자가 원하는 시간이 지나면 원래대로 돌아오는 술법이다.

기능하는 기관은 딱 한 곳, 청각이었으니 그것은 외부의 돌아가는 상황을 파악하기 위함이다.

한마디로 살기 위해 정말 죽은 척하는 기술이었다.

수관의 얼굴이 붉어진 이유도 그것 때문이었다.

보통의 무인이라면 은비술을 배울 생각을 하지 않는다.

특히나 정파 무인은 더더욱.

은비술은 간자나 살수가 아닌 이상 써먹을 데가 없는 기술이었다.

그럼에도 익혔다고 하는 것은 혹시나 생길지도 모르는 위급한 상황에서 싸우다 죽는 것이 아니라 죽은 척해 살겠다는 저의가 깔려 있다고 봐도 무방했다.

"삼대독자라……."

이금호가 웃으며 변명했지만 수관의 부끄러움은 사라지지 않았다.

"그럼 양백 도사가 지금 어디에 있는지는 혹시 모르십니까?"

이금호가 수관을 보자 수관이 고개를 가로저었다.

"그렇군요."

"수고했다. 너는 그만 나가보아라."

이금호가 수관을 내보냈다. 그리고 황자충까지.

둘이 나가자 설운과 이금호 둘만 남은 실내에 잠깐 고요함이 지나갔다.

고요를 먼저 깨뜨린 것은 이금호였다.

"손천우 어르신께 얘기는 들었습니다."

설운은 말없이 이금호를 바라보았다.

"들었을 땐 몰랐는데 막상 실제로 뵈니 느낌이 다르군요."

과거를 일컬음이다.

"아, 저는 사람에 대해 기본적으로 편견을 두지 않습니다. 출생이 장사치라 그런지 사실 정사 구분도 애매하고요. 이건 비밀인데 저는 흑도맹주(黑道盟主) 사마관일(司馬貫一)과도 꽤 깊은 우애를 나누고 있습니다. 허허."

이금호가 너털웃음을 지었다.

붙임성이 좋은 사람이었다.

"그런데 묘하군요."

"무엇이 말씀입니까?"

"다른데 닮았어요. 전대 검주와 검주님 말입니다. 기질도, 풍기는 기운도 전혀 다른데 묘하게 닮은 구석이 있단 말입니다. 뭐라고 딱 꼬집어서 말하기는 힘들지만. 뭐, 제가 보기에 그렇다는 말입니다. 깊이 듣지는 마십시오. 허허."

이금호가 손을 저으며 찻잔을 들었다.

차 맛이 좋은지 입이 찻잔에서 떨어지지 않는다.

설운은 기분이 이상했다.

'닮았다?'

설운이 저도 모르게 쓴웃음을 지었다.

"혹시 기분이 상하셨습니까?"

차를 마시던 이금호가 눈을 동그랗게 뜨며 찻잔을 내려놓았다.

"아닙니다."

설운이 손을 크게 저었다.

"그냥… 그게 좀 묘해서요. 전대 검주는… 정말 저하고는 다르거든요. 아예 극과 극이라고나 할까."

"그렇죠? 사실 저도 좀 묘합니다. 어찌 보면 극과 극인 두 분이 또 한편으로는 비슷해 보인다는 것이. 허허. 사실 제가 무공도 익히지 않았고 아는 것이라곤 돈밖에 없지만 그래도 사람 보는 눈 하나는 최고라고 자부하고 있었는데, 모르겠어요. 어찌 두 분이 닮아 보이는지. 허허허."

이금호가 다시 찻잔을 입에 가져다 대며 또 한 번 웃었다.

"아차, 제가 눈치 없게 너무 오래 앉아 있었군요. 먼 길 오시느라 피곤하실 텐데."

다 마셨는지 탁자에 놓이는 찻잔 소리가 경쾌했다.

"아닙니다. 신경 쓰지 마십시오."

"그래도 그럴 수 있나요. 그럼 전할 말씀은 일단 전했으니 잠시 저는 나가보겠습니다."

이금호가 자리에서 일어섰다.

"혹시 무슨 일이 있으면 자충에게 이르시고, 이따가 저녁은 저와 함께하십시오. 제가 검주를 위해 거하게 식사 한 끼 대접해 드리고 싶습니다."

"알겠습니다. 그러도록 하지요."

"그럼."

이금호가 고개를 숙여 절을 하고 방을 나섰다.

"나중에 뵙겠습니다."

설운이 방을 나서는 이금호를 배웅하고 다시 의자에 앉았다.

'닮았다?'

뭐가?

설운은 그냥 한번 씩 웃고 말았다.

없었다.

아무리 생각해도 닮은 구석이 없었다.

그 밝고 빛나던 사내와 자신이 닮았다니.

살리려던 자와 죽이려던 자가 어찌 같은 모습을 가질 수 있을까?

설운이 머리를 절레절레 흔들며 이어지는 생각을 떨쳐 버렸다.

'그보다⋯⋯.'

설운은 수관의 이야기를 떠올렸다.

종남으로 온 것은 귀전과 마각의 꼬리를 잡기 위함이다.

그런데 막상 일이 이리 되고 보니 꼬리가 아닌 더 큰 무언가가 있는 듯하다.

"차라리 잘됐지."

설운이 의자에 몸을 깊숙이 묻으며 웃음을 지었다.

그의 입장에서는 오히려 잘된 일일 수도 있었다.

여기저기 찔끔찔끔 돌아다니는 것보다 큰 덩치를 한 번에 잡을 수도 있는 좋은 기회이니 어찌 보면 큰 기회이기도 했다.

제5장
재회(再會)

삼화경에 이르면 몸에서 빛이 난다.

정(精)과 기(氣)와 신(身)이 하나가 되어 영롱한 삼색의 빛[三華]을 발하니 그 신묘함은 이루 형언할 수 없는 것이다.

상단전과 중단전, 그리고 하단전에서 피어오르는 그 아름답고 신비한 빛의 너울은 인간을 벗어나는 신인(神人)의 증거였다.

삼화경을 넘어 천화경에 이르면 향기가 난다.

인세에서는 맡을 수 없는 천상의 꽃향기[天花]가 수천, 수만의 만개한 꽃에서 퍼져 나가듯 사방팔방으로 번져 나간다.

수련한 내공과 선천적 기질에 따라 차이가 있지만, 그 향기는 한번 맡으면 평생을 두고 잊을 수 없는 마력을 지니고 있다고 했다.

*　　*　　*

설운은 자리에 앉아 가부좌를 틀었다.

그리고 천천히 명상에 잠기기 시작했다.

내공으로만 본다면 딱히 부족함이 있는 상태는 아니었다.

굳이 내공심법을 운용하지 않더라도 그의 내공 수발은 문제가 없었다.

천화경은 그런 경지였다.

명상에 드는 것은 다만 아직 이루어야 할 것이 남아서였다.

다문경은 설운에게 심록을 남겼다.

설운은 그것을 통해 자신의 경지를 한 단계 더 끌어 올릴 수 있었다.

지금 설운이 오른 천화경의 경지는 다문경이 남긴 심록의 덕이라 해도 무방했다.

다문경은 진정한 천재였다.

그의 무공에 대한 발상과 이해는 천하의 누구도 따를 수 없는 경지에 이른 것이었다.

그의 발자취를 따라갔고, 마침내 천화경에 도달할 수 있었다.

하나 그것이 다는 아니었다.

다문경은 천화경을 넘어 조화경(造化境)을 추구하던 사람이다.

조화경.

글자 그대로 사람이 온전한 천인(天人)이 되어 천지조화를 부리는 경지.

마음만으로 검을 만들고, 마음만으로 사람을 죽이고 살릴 수 있는 오롯한 천인의 경지.

만약 다문경이 젊은 나이에 요절하지 않았다면 그는 분명 조화경에 이르렀을 것이다.

그는 그게 가능한 사람이었고, 실제로 가능했다.

다문경은 조화경을 보았다고 했다.

비록 순간이고 다시 이르진 못했지만 그는 자신이 보았던 조화경의 세계를 분명히 심록에 적고 있었다.

몸의 변화, 마음의 변화, 그리고 세상의 변화까지.

그는 설운을 위해 가장 쉽고 편한 말로 조화경을 서술해 놓았다.

그러나 어려웠다.

성인의 오묘한 가르침을 인간의 말로 풀어내는 데 한계가 있듯이 깨달음이라는 물언(勿言)의 경지는 말로 다 표현되는 것이 아니었다.

―돈(頓), 경(競), 열(裂), 멸(滅), 허(虛), 역(逆).

그동안 심록을 보며 설운이 내린 결론은 다문경이 책의 맨 끝에 남긴 그 여섯 글자에 모든 것이 담겨 있다는 것이다.

어려웠다.

마지막 여섯 글자는 개념조차 잡히지 않았다.

아직은 때가 이르지 않았기 때문일지도 모른다.

설운의 의식은 점점 더 내면으로 잠겨들었다.

명상은 길었지만 잡히는 게 없었다.

어렵고 정리되지 않았다.

하지만 최선을 다했다.

중요한 건 그것이었다.

설운은 어찌 보면 단순한 사람이었다.

길이 정해지면 주위를 보지 않았다.

예전 사부에게 그랬듯 설운은 다문경에게 절대적 신뢰를 품고 있었다.

그가 남겼으니 자신은 얻는다.

필요가 있어 남겼을 것이고, 필요할 테니 얻는다.

피할 때라면 모르되 이미 그의 세상에 발을 들여놓은 이상 철저히 그가 원하는 대로 해줄 생각이다.

조화경은 미지의 세계였다.

평생을 노력해도 오르지 못할 수도 있었다.

오를 가능성보다 오르지 못할 가능성이 더 컸다.

그래도 포기는 않는다.

가기로 했기에 나아갈 뿐이다.

명상에 잠겨 있던 설운이 의식을 일깨웠다.

다른 해야 할 일이 있기 때문이다.

시간이 날 때마다 명상에 들어 깨달음을 구하지만, 뜬구름 같은 경지를 마냥 좇을 수는 없었다.

현실적으로 가능한 것을 챙겨야 했다.

깨달음은 한순간이나 영원히 오지 않을 수도 있었다.

막연한 그날을 위해 시간을 헛되이 버릴 수는 없었다.

그가 할 수 있고, 해야 하는 것이 남아 있었다.

혈령마기와 천룡대강기의 조화였다.

다문경은 설운을 치료하며 그에게 천룡대강기를 남겼다.

온전히 다 전해지진 않았지만, 설운의 몸속엔 결코 적지 않은 천룡대강기의 기운이 잠재되어 있었다.

무엇보다 순수하고 정제된 기운 천룡대강기는 설운의 몸속에 남아 그의 생기를 북돋워주고 있었다.

혈령마기가 파멸의 힘이라면 천룡대강기는 생성의 힘이었다.

설운은 그 생성의 기운을 파멸의 기운과 합칠 생각이었다.

가능성은 있었다.

그리고 그 가능성을 제일 처음 일러준 이가 다문경이었다.

그는 말했다.

혈령마기와 천룡대강기의 융합이 조화경에 이르게 하지는 못하겠지만, 최소한 그 바탕은 되어줄 것이라고.

설운은 믿었고, 따랐다.

그리고 쉽진 않았지만 작은 성과도 있었다.

아주 작은 양이지만 혈령마기의 끈끈한 기운 속에서 하얗게 피어오르는 천룡대강기의 기운을 느낀 것이다.

물과 불처럼 섞일 수 없는 극단의 두 기운.

그러나 언젠가는 이 두 갈래의 거대한 기의 덩어리를 하나로 합칠 날이 올 것임을 설운은 확신했다.

*   *   *

설운에게서 빛이 나기 시작했다.

백회와 심장과 단전에서 삼색의 영롱한 빛이 얇은 비단처럼 하늘거리며 피어올랐다.

색이 있되 인간의 말로 표현할 수 없는 그 신비로운 삼색빛은 설운의 전신을 덮고 광채를 더했다.

그게 신호였을까?

얼마 후, 설운을 덮고 있던 삼색의 광채를 향해 두 줄기 기운이 스며들기 시작했다.

붉게 빛나는 것은 혈령마기요, 하얗게 타오르는 것은 천룡대강기였다.

광채가 더욱 강렬해졌다.

빛나고 타올라 엉켜들던 기운이 삼색의 광채와 섞여 새로운 빛으로 변해갔다.

밝게 빛나되 색이 없었다.

근원은 있되 끝은 사라졌다.

모든 것이 사라지고, 모든 것이 투명해질 때 얼마 남지 않은 두 기운은 하나가 되어 온 길을 되돌아갔다.

그리고 수천, 수만의 빛무리가 설운의 머리 위로 내려앉았다.

흡사 내리는 눈꽃처럼 화사하게 빛나던 빛의 무리는 은은한 향기가 되어 사방으로 흩어져 갔다.

천화(天花).

바로 그것이었다.

설운이 천천히 가부좌를 풀면서 몸을 추슬렀다.

얻은 게 없진 않지만 생각보다는 적었다.

짧지만 긴 시간 속에서 두 기운은 서로에게 약간의 길을 양보하고는 원래의 자리로 돌아가 버렸다.

생각보다 더 오래 걸릴 것만 같았다.

그러나 낙심할 이유는 없었다.

태어나 처음으로 결과가 아닌 과정을 보며 걷는 길이다.

설사 두 기운을 완전히 융합하지 못한다 해도, 그로 인해 조화경에 이르지 못하다고 해도 상관없었다.

그 자체로도 만족할 수 있는 설운이었다.

조화경을 추구하는 것은 다문경에게 보이는 신성한 예식이었다.

그를 추모하고, 그와의 약속을 되새기는 설운만의 숭고한 의식이었다.

설운은 그랬다.

*　　　*　　　*

푸짐하게 차려진 식탁 위로 갖은 음식이 저마다의 향과 맛을 뽐내며 사람들의 손길을 기다리고 있다.

옥유경이 면사 아래로 고운 턱 선을 드러내며 젓가락을 입으로 가져갔다.

붉은 입술이 살짝 벌어지며 백옥으로 깎은 듯한 하얀 이가 드러났다.

"숙수의 솜씨가 좋은가 봐. 음식이 다 맛이 있어."

일행의 대표이자 가장 나이가 많은 안명(安銘)이 음식에 만족감을 표했다.

"그러네요. 장안객잔의 요리가 훌륭하다는 말은 많이 들어봤지만 실제로 먹어보니 과연 그 명성이 헛것은 아니군요."

옥유경이 향고유채(香姑油菜)의 맛에 감탄하며 안명의 말에 동의했다.

둘의 말처럼 장안객잔의 음식은 그 명성에 모자라지 않게 뛰어난 맛을 지니고 있었다.

신선한 재료와 이름난 숙수의 솜씨가 어우러져 가히 중원제일의 맛이라 해도 손색이 없을 정도였다.

중요한 일로 오게 된 객잔이라 딴생각을 가지기 힘든 상황이다.

그런데 뜻하지 않게 접하게 된 훌륭한 요리는 잠깐 동안 그들의 일마저 잊게 해주었다.

입이 호사를 누리는 날이었다.

"그나저나 언제까지 이러고 있어야 하는 걸까요?"

이한(李翰)이 동파육(東破肉)에 눈길을 주면서 말을 꺼냈다.

문의 명으로 급히 달려왔지만 딱히 할 일이 있진 않았다.

어쩌면 아무 일 없이 왔던 길 그대로 돌아갈지도 모를 일이었다.

"글쎄. 그건 나도 모르겠다. 이번 임무의 특성이 그런 것이니."

안명이 술을 한 잔 따르면서 이한의 말에 응답했다.

"어쨌든 이대로 별 탈 없이 다시 돌아갈 수 있다면 그 또한 좋지 않겠느냐? 맛있는 음식이나 맘껏 즐기면서 말이다."

음식이 제법 입에 맞는지 안명이 다시 젓가락을 들며 너털

웃음을 터뜨렸다.

"그야 그렇죠."

막내 문호(文浩)가 안명의 말에 맞장구를 쳤다.

이대로 일이 끝나고 돌아간다면 그것은 잠시 서안으로 유람을 온 것이나 진배없었다.

그렇게 되기만 한다면야 더 바랄 게 무엇이 있으랴.

그러나 함께 자리한 천룡문 여섯 제자는 일이 그리 흘러가지 않을 것임을 잘 알고 있었다.

단지 시간의 문제일 뿐이었다.

"조금 더 시킬까요?"

제대로 된 끼니가 오랜만이어서인지 저마다 평소보다 먹는 양이 꽤 많았다.

"그러자꾸나. 먹을 수 있을 때 부지런히 먹어두는 것도 나쁘진 않겠지. 더군다나 이런 맛있는 음식이라면 더욱더 먹어두어야지."

문호의 물음에 안명이 즐겁게 답을 줬다.

아무래도 식사비가 꽤 나올 듯싶었다.

제자들은 다시 저마다 식사에 여념이 없었다.

단 한 사람, 옥유경을 제외하고는.

옥유경이 하던 식사를 중단하고 고개를 들었다.

면사 위로 드러난 눈이 크게 부풀어져 있다.

'설마?'

믿을 수 없는 일이 일어났다.

향기.

그의 향기가 나는 것이다.

'그가 이곳에?'

하늘에서 꽃가루처럼 향기가 내려왔다.

형언하기 힘든 아름다운 향기는 머리를 적시고 온몸을 적셨다.

이 향기는 세상 누구도 흉내 낼 수 없는 오직 그만의 것이다.

옥유경은 온몸의 힘이 빠지며 머리가 텅 비는 듯한 느낌이 들었다.

탁!

가늘고 긴 손가락이 급하게 젓가락을 놓았다.

손가락만큼 가늘고 여린 몸이 의자를 뒤로 밀치며 급히 자리에서 일어섰다.

"사매, 왜 그래?"

안명이 갑작스런 옥유경의 행동에 의아해하며 그녀를 불렀다.

옥유경은 대답이 없었다.

주변 사람들이 뭐라 하는 소리도 전혀 듣지 못하고 오직 한곳을 향해 뛰었다.

향기!

옥유경의 눈망울이 축축하게 젖어들었다.

그다.

그가 이곳에 있다.

'다문 오라버니!'

그가, 이곳에 있다.

＊　　　＊　　　＊

방을 나서던 설운은 누군가 자신을 향해 달려오고 있는 것을 보았다.

천상의 선녀와도 같은 여인이 얼굴 가득 환희를 품고 자신에게로 달려오고 있었다.

"오랜만……."

아리따운 얼굴이 설운의 가슴을 파고들었다.

"…이오."

설운의 뒷말이 아주 작게 흘러나왔다.

유달리 크게 뛰는 심장이었다.

＊　　　＊　　　＊

"미안해요."

옥유경은 눈물이 채 마르지 않은 얼굴로 설운에게 사과를 전했다.

아픔과 슬픔이 남아 있는 얼굴이 처연해 보인다.

설운은 괜히 마음이 아팠다.

처음 가져보는 감정이다.

"잠깐… 착각했어요. 전 정말… 그 사람……."

말을 하던 옥유경이 다시금 울음을 터뜨렸다.

두 손으로 얼굴을 감싼 채 옥유경은 뒤로도 한참을 더 숨죽여 흐느꼈다.

설운이 다문경인 줄 알았다고 했다.

다문경이 풍기던 그만의 향기 때문이다.

세상 누구도 맡지 못하던, 그러나 자신은 맡을 수 있는 그의 향기.

단순한 체취와 다른 그의 향기는 세상 어느 곳에서도 맡을 수 없는 그만의 독특한 향기라 했다.

"정말… 그 사람인 줄 알았어요. 그 향기는… 절대……."

감정이 복받쳐 울먹이는 목소리로 옥유경이 탄식을 전했다.

설운은 옥유경이 무슨 말을 하는지 이해했다.

분명 천화의 향기를 얘기하는 것일 터이다.

이해가 안 가는 부분도 있었다.

천화의 향기는 아무나 맡을 수 있는 게 아니다.

천화의 경지에 오른 자가 일부러 그 향기를 전해주려 해도 마찬가지다.

그것은 최소 둘의 경지가 같거나 상대가 그 이상일 때라야 가능했다.

그러나 어쨌든 그녀는 천화의 향기를 알고 있고, 또 정확히 찾아왔다.

사정은 이후에라도 물어보면 될 일이다.

지금 당장 급한 것은 그게 아니니 말이다.

"그가 남긴 것입니다."

설운이 담담한 음색으로 말을 꺼냈다.

"착각… 아닙니다."

눈물 맺힌 눈이 설운을 쳐다보았다.

붉어진 눈에 얼룩진 눈물 자욱이 설운의 마음을 쓰리게 했다.

"그의 것… 이라고요?"

설운이 고개를 끄덕였다.

"그렇습니다."

차분한 목소리였다.

"그럼 이 향기는……?"

옥유경이 뭔가 말을 하려다 고개를 떨구었다.

조금씩 들썩이는 어깨가 애처롭다.

생각 이상으로 낙심이 큰 것 같았다.

죽은 사람인 줄 알면서도 착각을 일으킬 만큼 그녀는 다문경을 연모하는 모양이다.

사랑하는 정인의 죽음을 다시금 떠올리는 사람의 심정은 어떤 것일까?

짐작하진 못하지만 상심이 클 것 같았다.

설운은 가만히 서서 옥유경이 우는 모습을 지켜보기만 했다.

뭔가 위로를 해주고 싶은데 할 수 있는 게 없었다.

떠오르는 말도 없고 딱히 취할 행동도 없었다.

그저 서서 그녀가 울기를 그칠 때까지 기다리는 것, 그게 설운이 할 수 있는 유일한 행동이었다.

"미안해요."

한참 뒤 옥유경이 눈물을 닦으며 말을 꺼냈다.

어느 정도 진정이 되었는지 젖은 음성에 안정감이 느껴졌다.

"제가… 미안하죠."

여러 의미가 담긴 말이다.

자신이 아니었다면 비록 시한부의 삶이라고는 해도 다문경이 아직은 살아 그녀 곁에 머무르고 있을 터였다.

어쩌면 그와 그녀는 혼인을 했을 수도 있고, 둘을 닮은 아이가 적어도 두셋쯤은 있을 수도 있었다.

다정하고 행복한 연인 사이를 의도하진 않았지만 그가 갈라놓은 것일 수도 있었다.

미래를 기약할 수 없게 영원한 이별로써 말이다.

"아니에요. 그런 말 마세요. 어차피 다 지난 일인 걸요. 생각해 보니 그의 뜻이기도 했고. 그런 말 안 하셔도 돼요."

한층 여유를 찾은 옥유경이 또렷한 눈망울 속에 미소를 담았다.

아름답고, 고마웠다.

"그는 잘 있던가요?"

옥유경은 설운이 다문경의 무덤을 찾아갔음을 알았다.

같이 가고 싶었지만 어쩔 수 없이 돌아와야 했던 작년의 그날이 생각났다.

설운은 어색한 미소로 답을 대신했다.

"그럼 됐네요."

옥유경 또한 미소를 지었다.

"이거……."

설운이 백검을 내밀었다.

"그의 검입니다."

새하얀 검집에 싸인 검 한 자루가 옥유경의 손으로 전해졌다.

검을 전해 받는 옥유경의 손끝이 잘게 떨린다.

말하지 않아도 안다. 이게 누구의 검인지.

군데군데 스미어 있는 그의 손때와 흔적들은 눈을 감고도 짚어낼 수 있었다.

옥유경은 검을 품에 꼭 안았다.

마치 검이 그 사람인 듯 꼭 끌어안은 채 품에서 놓지 않았
다.

하얀 손끝이 검의 겉면을 쓰다듬는다.

예전 정인의 볼을 만지듯 옥유경은 애정이 충만한 고운 손
길로 한참 동안 검을 만지고 또 만졌다.

"원하신다면 드리겠습니다."

다문경이 그의 염원과 함께 설운에게 맡긴 검이다.

필요한 검이고, 소중한 검이다.

그러나 그 검은 옥유경에게도 똑같이 소중했다.

"가져가십시오."

설운이 미소를 지었다.

왠지 모를 뿌듯함이 마음에 남았다.

"아니에요."

검을 세운 채 고운 눈길로 검신을 훑어보던 옥유경이 설운
에게 다시 검을 내밀었다.

"가져가세요. 소중하고 정말 갖고 싶지만, 이 검의 주인은
제가 아니에요."

"가지셔도 됩니다."

"아뇨. 전 괜찮아요. 그러니 받으세요. 그 사람의 뜻이잖아
요. 전 정말 괜찮아요. 그러니 받으세요."

옥유경이 입가에 미소를 지으며 설운에게 검을 전했다.

"고마워요. 신경 써주셔서."

옥유경이 짧게 머리를 숙이며 설운의 배려에 감사를 전했다.

밝아진 모습이 보기 좋았다.

"참, 여긴 어쩐 일이세요?"

옥유경이 설운의 일을 물어왔다.

눈물 흔적을 다 지운 그녀는 언제 울었느냐는 듯 차분한 얼굴을 되찾고 있었다.

"근처에 볼일이 있어서요."

"혹시 종남?"

옥유경이 눈빛을 반짝이며 설운의 눈동자를 응시했다.

"…네."

대답이 조금 늦게 나왔다.

옥유경의 눈빛 때문일까, 아니면?

"그쪽에 잠깐 들를 일이 있습니다. 그쪽… 은요?"

설운이 어색하게 반문했다.

인사치레이기도 했고 또 궁금하기도 해서 물어본 것인데 호칭이 걸렸다.

이름을 부르기엔 아직 먼 사이이고, 그렇다고 처음 보는 사람처럼 대하기엔 이어진 인연이 깊다 보니 마땅한 호칭이 떠오르지 않았다.

"옥 매라고 하세요. 싫지 않으시면요."

눈치와 배려가 좋은 옥유경이었다.

"제가 어찌……."

"괜찮아요, 그리 부르셔도."

옥유경이 생긋 웃었다.

그 웃음이 너무나 예뻐서 설운은 하마터면 심장이 멎을 뻔 했다.

이상하게 그랬다.

대야평에서 처음 봤을 때부터 왠지 옥유경만 보면 심장이 떨려왔다.

다문경을 닮아서라고 생각했다.

그와 연이 있는 사람이기 때문이라고 생각했다.

그런데 아무래도 이상했다.

대체 이건 뭔지, 낯설고 불편한, 그러나 한편으로는 설레는 그런 느낌.

'설레?'

설운은 스스로가 놀랐다.

그뿐만 아니라 설운을 아는 어느 누구도 믿지 않을 일이었다.

"문(門)의 일로 왔어요. 문의 사람들과 같이. 자세한 얘기는 해드릴 수 없지만 아마 며칠 더 여기에서 머물러야 할 것 같아요. 공자는요? 공자께서도 더 계실 건가요?"

듣기에 따라 묘하게 들릴 수도 있는 말이다.

단순히 묻는 말이 아니라 뒤에 긴 여운이 남아 있다.

그러나 설운은 그런 미묘한 감정의 표현엔 익숙하지 않은 사람이었다. 전하는 것도, 전해받는 것도.

다만 기분이 좋아지고 있다는 느낌은 받았다.

왜냐고 묻는다면 다시 말문이 막힐 테지만.

어쨌든 좋았다.

그래서 즐거웠다.

'즐거워?'

다시 속으로 놀라는 설운이다.

*   *   *

다음 날 아침 일찍 황노가 왔다.

고준과 동행하게 되면서 황노와 마령시는 일행과 떨어지게 되었다.

마령시는 함부로 드러낼 것이 못 됐기에 그리해야 했다.

황노의 표정은 의외로 좋아 보였다.

원한 만큼은 아니어도 세상에 나온 기분을 마음껏 누리고 있는 모양이다.

설운에 얽매어 있는 처지지만 별일이 없는 한 설운이 그의 신변을 간섭하진 않고 있기에 그는 거의 자유로운 몸이나 다를 바 없었다.

종남을 찾아가는 것은 다음날 밤으로 정했다.

마음 같아서야 당장이라도 종남에 올라 도현을 위시한 귀전의 잔당들을 도륙하고 싶은 마음이 컸지만―실제로 황노는 식사도 건너뛰며 바로 종남에 오르려 했다―설운은 이전의 설운이 아니었다.

이전 같으면 차라리 편했다.

누가 죽든 살든 신경 쓸 것 없이 오로지 목표로 했던 대상만 죽이면 되니까.

그러나 이제는 달랐다.

종남의 인물 중 누가 귀전의 무리이고 누가 아닌지 명확하지 않은 상황에서 자칫 섣불리 덤벼들다가는 대야평에서 그가 벌인 살겁이 또다시 일어나지 않는다는 보장이 없었다.

신중을 기해야 했다. 이목도 속여야 했고.

자연히 밝은 낮엔 활동할 수 없었다.

마침 다음 날 밤은 그믐, 달도 없이 컴컴한 밤은 설운이 몰래 움직이기에 딱 좋았다.

"누구와 만나기로 되어 있었지?"

"그게… 사람이 정해진 게 아닙니다."

"그럼?"

"제가 아는 것은 마령시의 제련이 끝나면 종남 풍동(風洞)으로 가는 것뿐입니다."

"그러면?"

"마중이 있겠지요."

황노가 가기로 되어 있던 곳은 종남 풍동이다.

사시사철 찬바람이 강하게 불어 여름에도 얼음이 맺힌다는 풍동은 따로 빙혈(氷穴)이라 불리는 길고 좁은 동굴이었다.

예로부터 종남에 중요한 행사가 있을 때면 이곳 풍동에서 제식이 시작되었기에 이곳은 일반인의 출입이 엄격히 통제되는 종남의 대표적인 금지 중 한곳이다.

조심스런 접근이 필요했다.

그날 밤.

설운은 황노와 함께 종남산을 올랐다.

설운도 설운이지만 황노 또한 예사 사람은 아니어서 산을 오르는 속도는 은밀하면서도 매우 빨랐다.

풍동 근처에 이르러 설운은 잠시 주변을 살폈다.

보이는 사람은 없었다.

종남의 금지였기에 번(番)을 서는 제자들이 있을지도 모른다고 생각했는데 아무도 보이지 않았다.

설운은 지체 없이 풍동 입구에 내려섰다.

입구는 생각보다 작았다.

어른 셋이 어깨를 대고 들어서면 빠듯할 듯싶었다.

기척을 숨기고 천천히 들어서니 좁은 길 안으로 바람이 세차게 불어왔다.

풍동이란 이름이 딱 어울리는 모습이다.

동굴은 좁았지만 꽤 길었다.

천천히 살피며 걷는 걸음이다 보니 한참을 걸었는데도 끝이 나오지 않았다.

그렇게 얼마쯤 걸었을까, 뒤따르던 황노가 뭔가를 발견했는지 설운을 불렀다.

[주공, 이쪽입니다.]

돌아보니 황노가 동굴 벽 한쪽을 유심히 살펴보며 눈을 빛내고 있다.

다가가 보니 벽 위로 거의 눈에 보이지 않을 만큼 미세한 틈이 있다.

[문의 흔적입니다. 보아하니 기관으로 작동하는 것 같은데……]

황노가 말하며 근처 벽을 샅샅이 훑어보고 있다.

황노는 기관에도 조예가 깊었다.

마령시를 제련하던 칠강문 지하 동굴의 기관을 설계하고 만든 이가 바로 황노였다.

[호홍. 여기구나.]

잠시 벽을 살펴보던 황노가 적응 안 되는 감탄사를 흘리며 득의의 표정을 지었다.

[어쩔까요?]

대답이 필요 없는 물음이다.

*   *   *

그그긍.

기관이 작동하는 소리를 기막으로 가리고 설운과 황노는 동굴 벽으로 들어갔다.

사람 하나 겨우 지날 만한 좁은 입구를 지나니 그래도 서서 움직이기에 불편함이 없을 정도의 통로가 아래로 이어졌다.

외길이라 고민 없이 앞으로 걸어갔다.

침입자를 경계하는 기관 장치를 염려했지만, 지나는 동안 별다른 낌새는 없었다.

열다섯 걸음쯤 안으로 들어서니 아래로 향한 계단이 나온다.

조명이 없어 제대로 보이지는 않았지만 설운과 황노의 행보에는 거리낌이 없었다.

계단을 다 내려서자 긴 복도가 다시 앞에 나타났다.

그리고 그 좌우로 제법 많은 수의 방처럼 생긴 공간이 모습을 드러냈다.

최소 열 개 정도는 되어 보이는 방 형태의 공간, 어떤 것은 문이 달려 있고 어떤 것은 뚫려 있었다.

문이 있는 곳은 굵은 창살이 놓여 있는 모양으로 보아 감옥의 용도로 쓰인 듯했고, 뚫린 방은 그 용도를 짐작하기가 어려웠다.

다만 간간이 보이는 바닥의 물건들로 창고 같은 역할을 하지 않았는지 짐작만 할 뿐이다.

둘은 계속 걸었다.

방은 여러 개였지만, 설운이 원하는 것은 보이지 않았다.

그리고 복도 끝, 다시 아래로 향하는 계단이 나타났다.

한 걸음 계단을 내려가던 설운이 눈을 반짝였다.

계단 아래에서 인기척을 느낀 탓이다.

강하지 않고 여린 기척.

문득 수관에게서 들은 양백의 이야기가 생각났다.

'혹시?

가능성이 컸다.

계단을 내려가면서 설운은 자신의 기감을 한층 넓혔다.

인기척이 잡힌 이상 좀 더 주의를 기울일 필요가 있었다.

[인기척입니다.]

뒤늦게 황노가 기척을 느끼고 설운에게 전음을 넣었다.

어찌 보면 참 충실한 사람이었다.

계단 밑 공간은 위와 비슷하게 생겼다.

복도가 있고 좌우로 방이 있었다.

차이가 있다면 방마다 모두 문이 달려 있고, 창살이 아니라 아예 벽으로 방을 다 막아 밖에서는 방 안이 아예 보이지 않게 차단해 놓았다는 것이다.

계단을 다 내려선 설운이 좌우를 살폈다.

보이는 게 없었다.

설운이 사람이 없음을 확신하고 인기척이 느껴지는 곳으로 신형을 띄웠다.

만에 하나라도 기관이 작동해 그를 막을지도 모르니 아예 몸을 띄워 그런 일을 미연에 막겠다는 생각이다.

인기척은 복도 맨 끝에서 느껴졌다.

복도 위를 야조처럼 훌훌 날아 건넌 설운이 맨 끝 방문 앞에 섰다.

"으음……."

아주 작지만 분명히 사람의 목소리였다.

설운이 문을 잠근 고리를 자르고 안으로 들어섰다.

방은 그리 넓지 않았다.

낮은 천장 밑으로 짚을 갈아놓은 바닥이 보이고, 정면으로 사지가 묶인 채 벽에 매달려 있는 사람이 보였다.

흐트러진 백발에 종남의 복색을 한 노인. 설운은 그의 곁으로 다가서서 수관에게서 들은 양백의 모습과 눈앞의 노인을 비교해 보았다.

표현력의 한계 때문에 다소 차이가 있긴 했지만, 그가 양백임을 확신하는 데는 아무런 문제가 없었다.

설운이 검을 들어 줄을 잘랐다.

그리고 노인을 천천히 바닥에 눕히며 몸에 진기를 불어넣었다.

얼마간 시간이 지나자 감겨 있던 노인의 눈꺼풀이 파르르
떨린다.

그리고 노인이 천천히 눈을 떴다.

"누구⋯⋯."

어느 정도 기운을 차린 모양이다.

설운이 황노에게 노인을 넘겨주었다.

*   *   *

객잔으로 돌아온 설운이 이금호에게 양백의 확인을 맡겼다.

"틀림없는 양백 도사입니다. 하아, 어찌 이런 일이. 쯧쯧."

몰골이 말이 아닌 양백을 보며 이금호가 혀를 찼다.

가끔 종남에 올라 그를 볼 때면 언제나 굳센 기상에 절로
고개를 숙이게 만들던 사람이다.

존경과 흠모만으로도 모자랄 사람인데 이런 모습이라니.
이금호는 괜히 마음 한구석이 짠했다.

양백을 부탁하고 자기 방으로 돌아온 설운은 차 한 잔을 들
이켜고 의자에 몸을 앉혔다.

생각보다 싱거운 일이었다.

별로 한 일도 없이 그저 산에 한 번 올랐다가 내려온 것이
전부이다.

그래서 찜찜했다.

상대가 귀전이라면 이런 식으로 일 처리를 하지 않는다.

그들의 간악한 흉계는 일반적인 예상을 뛰어넘어 치밀하고도 음흉했다.

'한데……?'

다른 이도 아니고 종남 제일의 존경받는 고인을 잡아두고서 지키는 사람 하나 없이 빈방에 홀로 내버려 두었다.

일의 주체가 귀전이다.

그들의 일에 허술함은 없다.

분명 설운이 모르는 이유가 있었다.

그를 그렇게 홀로 내버려 둔 이유가.

'뭐냐?'

설운은 생각에 잠겼다.

이전이라면 고민은 그가 아닌 궁뇌의 몫이지만, 이제는 혼자 모든 것을 처리해야 했다.

이면에 깔린 것이 있다.

그게 무엇인지 감이 오지 않았다.

'무엇을 위해?'

설운의 생각은 새벽이 오도록 끝날 줄을 몰랐다.

제6장

정인(情人)

　만남이 쌓여 인연을 이룬다. 하나 그 인연의 끝이 어디로
흘러갈지 아는 이는 아무도 없다.

＊　　　　＊　　　　＊

　설운은 주로 방에 머물렀다.

　원래부터 나다니는 것을 그다지 좋아하지 않던 터라 별일
이 없으면 이렇게 방에 앉아 혼자만의 시간을 보내곤 했다.

　태화산에 있을 때부터 그랬던 것 같다.

　그 이전이야 홀로 시간을 보낼 수 있을 만큼의 여유가 없었으니 어쩔 수 없었지만, 팔 년 전 태화산 오두막에 홀로 살기 시작하면서부터는 자기만의 시간을 갖는 것을 좋아했다.

가끔씩 옥유경이 방을 찾았다.

설운이 있는 것을 어찌 알았는지 용케도 그가 있을 때를 놓치지 않았다.

향기 때문이라 생각했다.

만나면 반가웠다.

아주 드물게 보는 것도 아닌데 볼 때마다 새로운 느낌이 들었다.

웃었고, 즐거웠다.

마치 예전 백리세가에서 백리성을 만날 때처럼.

아니, 그보다 더 좋은 게 사실이다.

떠나면 허전했다.

잠시 머물다 그녀가 떠나가면 이전엔 몰랐던 텅 빈 마음이 메우기 힘든 큰 구멍을 파놓고 있었다.

설운은 정해(情海)에 빠졌다.

"있잖아요. 그거 알아요?"

나풀거리는 입술이 나비를 닮았다.

"설 공자님, 웃음이 많아졌어요."

"제가요?"

"말 낮추라니까. 말 안 들어."

"그게……."

"됐고. 어쨌든 웃음이 많아졌어요. 사실 되게 어두웠거든
요. 예전 그다지 신경을 안 쓸 때는 몰랐는데 요즘 가만히 생
각해 보니까 그래요. 확실히 예전보다 웃음이 많아졌어요."

"그런가요?"

"또 봐. 또 높인다. 하여튼 그래서 보기 좋아요. 공자님은
평소에도 그렇게 나쁜 인상은 아니지만 웃으면 인상이 확 달
라져요. 가끔은… 잘생겼다는 느낌도 들고……."

예쁘고 귀여웠다.

그리고 따스했다.

귀를 간질이는 아름다운 옥음은 나른한 봄날의 햇빛을 떠
올리게 했고, 정말 한 번씩은 이대로 시간이 멈춰 버렸으면
좋겠다는 생각도 들곤 했다.

그러나 설운은 그녀에게 다가설 수 없었다.

설운은 그녀가 보는 것이 무엇인지를 안다.

자신을 보고 있지만, 그녀는 자신을 보고 있지 않았다.

자신에게 말을 걸고 있지만, 그녀가 실제로 대화를 나누는
상대가 누구인지 설운은 잘 알고 있었다.

다문경. 그녀는 자신을 통해 그를 보고 있었다.

미몽(迷夢). 모든 건 어지러운 꿈과 같은 것이었다.

언젠가는 깨어나야 할 꿈.

$$* \qquad * \qquad *$$

설운이 종남 풍동에서 양백을 구해 온 지도 보름이 흘렀다.

그동안 설운과 이금호는 종남에 심어둔 회의 사람들을 통해 도현과 기타 고수들의 동태를 살폈다.

바보가 아닌 이상 저들은 풍동 지하에 있던 양백이 사라졌음을 당연히 알 것이다.

안다면 무엇이 되었든 변화가 있을 테니 그들은 그 변화를 기다리는 중이다.

그런데 잠잠했다.

보름이 지났음에도 종남은 평소와 다름이 없었다.

별다른 소요나 눈에 띄는 변화 없이 종남은 이전처럼 일상적인 나날을 보내고 있었다.

마음이 찜찜했다.

텅 비어 있던 지하 공간이 생각났다.

상대가 분명 무언가 꿍꿍이가 있음을 알고 있는데 확인할 방법이 없다.

그래서 마음 한편으로 편치 않은 불안감이 스멀스멀 밀려왔다.

"이상합니다. 너무 조용해요."

이금호의 진중한 말이 조용하던 실내를 일깨웠다.

"따로 소식은 없었습니까?"

"없었습니다."

이금호가 머리를 저었다.

"분명 뭔가 반응이 있어야 하는데 저렇듯 조용하니 불안하기도 하고……."

"양백에 대해서는 어떻습니까? 다른 말이 없던가요?"

"종남에서는 그가 폐관 수련에 들었다고 알려진 모양입니다. 평소 폐관 수련이 잦은 분이라 다들 의심 없이 받아들이는 분위기라더군요."

"저들의 행사가 은밀해서 놓친 부분이 있진 않을까요?"

이금호가 고개를 저었다.

"아예 움직임이 없습니다. 평소와 조금도 다름이 없어요."

"좀 더 지켜보는 수밖엔 없겠군요."

"현재로써는 그렇습니다."

"참, 양백은 잘 있습니까?"

장안객잔으로 데려온 양백을 이금호가 다시 비밀 안가로 데려갔다.

"잘 지냅니다. 체력도 다 회복했구요. 일상적인 생활에는 별문제가 없습니다. 그런데……."

"말씀하시죠."

"내공이 회복되지 않고 있습니다."

"산공독의 효과가 이렇게 길게 가던가요?"

"그게 저도 의문입니다. 길어야 이삼 일이면 회복되는 것이 정상인데……."

이금호가 또 한 번 머리를 저었다.

그러고 보니 요 근래 머리 젓는 일이 잦아진 것 같다.

일이 잘 안 풀린다는 증거이다.

"제가 직접 한번 가봐야겠군요."

"급한 일은 아니니 서두를 필요는 없습니다."

"알겠습니다. 천천히 생각해 보겠습니다."

*   *   *

오후에서 저녁으로 넘어가는 어스름 무렵에 설운은 객잔 일 층 주루 구석에서 홀로 술을 마시고 있었다.

종남의 일에 진전이 없어 답답해하던 차에 술 생각이 나서 였다.

종남에서는 어떤 소식도 들려오지 않았다.

자칫 막연한 기다림이 계속 이어질지도 몰랐다.

'그건 안 되지.'

설운이 고개를 저었다.

신중한 것도 좋으나 상대에게 무한의 여유를 주는 것은 결코 좋은 생각이 아니었다.

상대는 귀전이다.

무력도 무력이지만 암계와 모략에 특히 강한 것이 그들 귀전이었다.

시간이 흐를수록 상황은 나빠진다.

조급해하진 않되 손 놓고 있어서도 안 됐다.

머리가 복잡해졌다.

"여기 계셨습니까?"

다시 잔을 채우는 설운의 앞에서 아는 척하는 목소리가 들려왔다.

앞을 보니, 청삼을 입은 젊은 청년이 미소 짓는 얼굴로 설운에게 다가왔다.

고준이다.

"가시는 곳이 이곳인 줄 알았다면 같이 올 걸 그랬습니다. 저도 여기에 묵고 있는 중이거든요. 하하! 아, 일전엔 제가 무례가 많았습니다. 이해하십시오."

서글서글한 목소리에 이어 깍듯한 인사가 뒤를 잇는다.

단정하면서 가볍지 않은 품새가 고준다웠다.

설운은 고개만 까딱거렸다.

그러고는 잔을 들어 한입에 털어 넣었다.

짜릿한 술기가 식도를 타고 흐른다.

"괜찮으시면 합석을 해도 될까요?"

주위에 빈자리가 많은데도 고준을 함께 자리하기를 원했다.

안 될 이유가 뭐가 있을까.

설운이 손으로 앞자리를 가리켰다.

앉으라는 뜻이다.

"감사합니다."

예의가 바른 청년이다.

"제가 한잔 드리지요."

고준이 술병을 들어 설운의 잔을 채웠다.

그러고는 점소이를 불러 몇 가지 안주를 더 주문했다.

둘이 먹기엔 조금 과하다 싶을 정도로 고준은 꽤 많은 안주를 주문했다.

고준이 설운을 보며 씩 웃었다.

"제가 먹는 걸 좀 밝히는 편입니다. 하하!"

하얀 이를 다 드러내며 고준이 밝게 웃었다.

설운은 별다른 말 없이 다시 잔을 비웠다.

그리고 그 잔을 고준이 다시 채웠다.

말은 없었지만 사실 설운은 내심 그가 반가웠다.

지나치게 예가 바르고 때로는 고루하다 싶을 정도로 자기 생각이 뚜렷한 청년이지만, 그는 그늘이 없는 사람이었다.

저번에 같이 길을 걸을 때도 느꼈지만 그를 보면 다문경이 떠올랐다.

그가 보이던 환한 미소와 고준이 보이는 밝은 웃음은 가식과 위선이 보이지 않는다는 점에서 무척 닮아 있었다.

거기에 불의를 싫어하고 정의를 추구하는 올곧은 성정까지.

설운이 묵묵히 빈잔 하나를 들어 고준 앞에 놓았다.

그리고 술병을 들어 그의 잔을 채워주었다.

말은 없었지만 그의 속내는 충분히 고준에게 전해지고 있었다.

둘은 함께 잔을 들었고, 함께 잔을 비웠다.

"사실은 제게 일행이 한 분 더 있습니다."

고준이 설운의 잔을 채워주며 말을 건넸다.

서안에서 누군가를 만나기로 되어 있다던 고준의 말이 기억났다.

"제 조부 되시는 분입니다. 여정이 늦어져서 어제 이곳에 당도하셨는데, 이런저런 얘기 끝에 설 공자의 얘기를 하게 되었습니다."

설운은 가만히 듣고만 있었다.

"아시겠지만 그날 상황이 제 입장에서는 좀 그랬거든요."

"그런데?"

"조부께서 그러시더군요. 제 생각도 틀린 것은 아니지만, 설 공자의 행동 또한 그릇된 것이라고 생각하지 말라고. 정확히는 설 공자의 편을 드셨습니다. 독하지 않으면 장부가 아니며, 무림은 예의와 범절로 살아가는 곳이 아니라는 말씀을 덧붙이시면서 말이죠."

설운이 작게 고개를 끄덕이며 말을 꺼냈다.

"너의 생각은 어떠냐?"

"솔직히 잘 모르겠습니다. 비록 제가 무림인이라고는 하나 손에 검을 들었다는 이유만으로 사람의 생명을 그렇게까지 가벼이 여겨도 되는 것인지."

"그럼 안 그러면 되지."

"네?"

"내키지 않으면 안 하면 된다. 어차피 사람은 모두가 다 자기 생각이 있는 법이고, 그 생각이 모두가 같을 수는 없는 법이다. 너는 네가 내키고 네가 옳다고 생각되는 일만 해라. 그러면 되는 것이다. 결국 너의 생은 네가 살아가는 것 아니냐? 네 인생이고 결정 또한 네 몫이다. 다만 어설퍼서는 안 되겠지."

설운이 고개를 들어 고준과 눈을 맞추었다.

호감이 있어서 그런지 볼수록 마음에 드는 녀석이다.

설운이 입꼬리에 미소를 달았다.

"너의 앞날을 위해서."

그리고 시원하게 잔을 비웠다.

안주는 맛있었다.

숙수의 솜씨가 예사 솜씨가 아닌지 젓가락이 닿은 모든 요리가 다 맛이 좋았다.

담백하나 느끼하지 않았고, 향이 코를 맴도나 자극적이지 않았다.

"맛있군."

"그러네요."

술도, 음식도, 그리고 사람까지도 다 마음에 드는 술자리였다.

검푸르던 하늘에 별이 떠오르고, 밤이 점점 깊어갔다.

더불어 둘이 앉은 탁자 위로 술병이 늘어갔다.

두 병, 세 병……

얼굴이 불그레해지고 취기에 흥이 오를 무렵, 둘이 앉은 탁자로 한 명의 노인이 다가왔다.

약간 마른 듯한 몸매에 가늘고 긴 눈매가 인상적인 노인.

"조부님."

고준의 할아버지였다.

앉아 있던 고준이 급히 자리에서 일어서며 옷차림을 바르게 했다.

그리고 탁자에서 한 걸음 물러서며 노인에게 자리를 비켜주었다.

"인사하십시오. 제 조부이십니다. 그리고 이쪽은 제가 저번에 말씀드린 설운 공자, 설 소협입니다."

설운이 천천히 자리에서 일어서며 가볍게 인사를 했다.

"설운이라 합니다."

"반갑네. 난 고견일세."

간단한 인사가 끝나고 셋은 다시 자리에 앉았다.

고준과 고견이 나란히 앉고, 맞은편에 설운이 홀로 앉았다.

"드십시오."

고준이 고견 앞에 젓가락을 놓고 빈 잔 하나를 그 옆에 놓았다.

"오냐."

고견이 고준의 예의 바른 행동에 웃음으로 답했다.

"같이 한잔 들겠나?"

잔을 채운 고견이 설운에게 건배를 제의했다.

날카로운 눈빛이 가만히 설운을 바라보고 있다.

"그러지요."

설운이 그 눈빛을 피하지 않고 마주 잔을 들었다.

둘은 서로 잔을 비웠다.

"좋은 술이군."

고견이 잔을 놓으며 술병을 보았다.

꽤나 고급술임에 틀림없었다. 맛도 향도.

그가 이제껏 먹어본 술에서는 느끼지 못한 깊고 풍부한 것이었다.

설운이 고견을 보았다.

그리고 그의 전신을 흐르는 영롱한 빛을 보았다.

삼화.

고견은 삼화경에 이른 절대고수였다.

하긴 고견 그가 삼화경에 이르지 못했다면 중원에 누가 있어 삼화경에 오를까?

평범해 보이는 외모와 달리 그는 천하무림인에게 한없는 존경을 받고 있는 무림의 강자였다.

천하를 좌우하는 시대의 절대자. 우내팔존 중 일인.

해남검제(海南劍帝) 고죽검(孤竹劍) 고견이 바로 그였다.

"강하군."

술병을 보던 고견이 설운에게로 고개를 돌렸다.

"약하진 않습니다."

설운이 가만히 그의 말을 받았다.

고견의 날카로운 눈매에 순간적으로 빛이 지나갔다.

분위가 조금 내려앉았다.

보아하니 둘이 하는 말은 술에 대한 얘기는 아닌 듯했다.

"한 잔 받으십시오."

설운이 술병을 들어 고견에게 권했다.

하지만 고견은 잔을 들지 않았다.

술잔에 손을 댄 채 뚫어져라 설운의 얼굴만 바라보고 있다.

고견이 움직임이 없자 설운 또한 움직이지 않았다.

손에 들린 술병을 내리지 않은 채 고견의 행동만 기다리고 있다.

"잔을 치운다면?"

"후회하실 겁니다."

"그래도 군이 치우겠다면?"

"제 대답은 같습니다."

설운이 가볍게 미소 지었다.

뜻 모를 대화였다.

시간이 흘렀다.

둘은 여전히 서로의 얼굴을 보고 있었다.

영문 모르는 고준만 걱정되는 눈빛으로 둘을 번갈아 보고 있을 뿐이다.

"좋아, 내 잔을 받지."

고견이 머리를 저으며 웃음을 내보였다.

"잘 생각하셨습니다."

설운이 따라 미소를 지었다.

고견이 잔을 들자 설운이 잔을 채웠다.

그리고 둘은 다시 서로를 마주 보았다.

"확실히 강호는 넓구먼."

"드시지요."

설운이 살짝 잔을 치켜 올리더니 입에 대고 쭉 들이켰다.

고견 또한 잔을 비웠다.

'대체 어디서 이런 자가 나타났을까?'

잔을 비우는 고견의 머리로 의문이 꼬리를 이어갔다.

처음 설운의 잔을 채울 때 고견은 그 안에 천근의 힘을 담았다.

손자의 얘기를 듣고 어떤 사람인지 궁금해하던 차에 작은 시험을 해본 것이다.

고준의 말로 판단했을 때 설운은 냉정한 무사였다.

판단이 정확하고 손속에 미련을 두지 않는 노련한 무인이었다.

궁금했다.

과연 실제 실력도 그만한 능력이 되는지.

잔만 들어도 인정을 해줄 생각이었다.

한데 예상 밖이었다.

천근을 담은 술을 아무렇지도 않게 가볍게 넘겼다.

보이는 나이로 판단할 수 없는 능력을 갖춘 자가 분명했다.

더구나 그의 눈빛은 담담했다.

조금의 흔들림도 없이 너무도 태연했다. 어느 정도의 경지인지 가늠하기 힘들 정도로.

확인해 보고 싶었다.

―후회하실 겁니다.

겁이 없는 놈이었다.

천하의 해남검제를 눈앞에 두고 저리 당당할 수 있다니.

겨뤄보겠다는 의도를 짐작하면서도 담담했다.

놀라운 것은 보면 볼수록 그의 깊이가 새로이 다가온다는 점이다.

하수로 보았다가 어느 순간 자신과 동수일지도 모른다는 생각이 들었다.

우내팔존과 동수라……. 미친 소리 같겠지만 그런 느낌이 들었다.

그런데 거기서 끝이 아니었다.

처음 일개 어린 무사로 보이던 놈이 점점 커져 대해(大海)를 이루고 있었다.

도저히 이해가 가지 않는 일이었다.

고견은 좀 더 그를 알아보고 싶다는 생각이 들었다.

*   *   *

"어머, 이런 데서도 뵙네요. 술자리가 있으신가 봐요?"

다가오는 여인이 있다.

"네."

옥유경이었다.

"그렇군요. 난 설 공자님은 방에만 계신 줄 알았어요. 술자리도 하시는구나."

살짝 삐친 기색이 엿보인다.

마치 자기랑은 시간을 내지 않다가 친구를 만나 신나게 술자리를 갖고 있는 정인을 보는 듯한 눈빛.

"저도 술 마실 줄 아는데……."

고운 눈이 설운을 흘겨본다.

"그게…….."

"농담이에요."

상큼한 얼굴이 설운을 빤히 쳐다보고 있다.

심장이 눈치 없이 또 쿵쾅거린다.

설운이 마주친 눈을 피했다.

문득 옥유경의 별 뜻 없는 말 한마디에 일일이 반응하는 자신이 우습게 느껴졌다.

그러나 어쩔까? 좋은 것을.

"그럼 나중에 봬요. 아, 그리고 실례했습니다. 죄송합니다."

옥유경이 고견과 고준을 보며 공손히 사과를 전했다.

반가운 마음에 설운과 몇 마디 얘기를 나누었는데, 뒤늦게 남의 자리에 무단히 끼어든 자신의 무례를 느낀 때문이다.

방금 전 농담을 할 때와는 다르게 우아한 기품이 묻어난다.

"괜찮소."

고견이 웃으며 옥유경의 사과를 받아주었다.

"그리 말씀해 주시니 감사합니다."

옥유경이 고견에게 고개 숙여 감사의 뜻을 전했다.

"그럼 갈게요."

미소를 남기고 올 때처럼 그녀는 가볍게 떠나갔다.

잡히지 않는 바람처럼 그녀는 다시 설운의 눈에서 멀어졌다.

다시 허전해진다.

"누굽니까?"

고준이 멀어지는 옥유경을 바라보며 물었다.

엄하고 고루해 보이던 얼굴이 풀어질 대로 풀어져 있다.

속으로 웃음이 나왔다.

그리고 괜한 동질감도 들었다.

하긴 그럴 만도 했다.

주루에 있던 다른 모든 남정네 또한 눈으로 그녀의 뒤를 좇고 있었으니.

"신경 꺼."

하지만 나가는 말은 차가웠다.

그녀는 아무나 함부로 다가설 수 있는 사람이 아니다.

그녀는 정인이었다.

설운의 마음속 정인.

제7장
마도범람(魔道氾濫)

 사내는 목욕을 하고 나왔다.

 적당한 살과 근육이 붙은 탄탄한 등 뒤로 자잘한 흉터가 희미하게 보인다.

 사내가 모습을 드러내자 늘어진 휘장 뒤에서 시비들이 나와 그의 몸을 닦기 시작했다.

 화려한 실내에 어울리는 화사한 용모의 시비들이 머리끝부터 발끝까지 구석구석 꼼꼼하게 그의 몸의 물기를 닦아냈다.

 물기가 사라지자 다시 휘장 뒤에서 다른 시비들이 저마다 손에 뭔가를 들고 사내에게 다가왔다.

얇은 비단으로 된 하얀 속저고리가 사내의 큰 체구를 감싸고, 뒤이어 빗을 든 시비가 정성스레 사내의 머리를 빗긴다.

나이에 맞지 않게 칠흑 같은 머리가 길게 사내의 등을 타고 출렁거린다.

사내의 머리가 다 빗겨지니 시비 둘이 그에게 옷을 입혀주었다.

방 안 장식만큼 화려하고 값비싼 비단옷이 겹겹이 사내의 몸에 걸쳐졌다.

사내의 머리에 상투가 틀어졌고, 옥이 장식된 금빛 비녀가 상투를 고정시키는 것으로 몸단장이 마무리되었다.

시비들이 뒷걸음으로 다시 온 길을 돌아갔다.

잠시 분주하던 화려한 실내에 사내가 나오기 전의 고요함이 다시 자리를 잡았다.

사내가 침상 옆 네모난 탁자로 걸어간다.

그리고 탁자 위에 놓여 있는 오색 장신구들을 하나씩 몸에 걸치기 시작했다.

귀한 금은과 온갖 보석으로 장식된 장신구들은 사내의 손과 얼굴, 그리고 몸 곳곳에 끼워지고 걸쳐졌다.

각각의 장신구들은 아름다웠지만, 그 모든 것을 걸친 사내의 모습은 그렇지 않았다.

한두 개의 장신구라면 사내의 품격을 높였을 것이나, 지나친 장신구는 오히려 사내를 천박하게 보이게 만들었다.

"알려 드립니다."

물빛 장삼을 걸친 노인이 공손한 걸음으로 실내에 들어섰다.

"말해."

사내가 동경 속에 자신의 모습을 이리저리 비추어보았다.

"방금 전 연락이 왔는데 모든 준비가 다 끝났다고 합니다."

"그래?"

거울 속에 비친 자신의 모습이 마음에 안 든다.

언제나 느끼지만 추하다.

"명을… 주십시오."

노인이 허리를 숙이며 명을 기다렸다.

사내는 동경을 가만히 들여다보았다.

살이 올라 넉넉해진 얼굴에 기름기가 가득하다.

'돼지. 욕심 많은 돼지.'

동경 속 자신의 모습은 딱 그랬다.

'좋아.'

화려한 비단을 걸친 돼지. 어울리지 않는 부조화였다.

그럼에도 사내는 만족감을 표했다.

수십 년 동안 사내는 이런 모습으로 살아왔다.

원하는 것을 얻기 위해 사내는 드러나는 탐욕스러움으로 자신의 본색을 가려왔다.

그러나 이 짓도 얼마 안 남았다.

오롯이 홀로 세상 위에 서는 날; 그날 자신은 자신의 본모습을 되찾을 것이다.

굵은 손이 옷을 한번 쓱 쓰다듬더니 마지막으로 새끼손가락에 반지 하나를 끼웠다.

검은 오석이 크게 박힌 두꺼운 반지다.

"전해. 시작하라고."

사내가 돌아서며 노인에게 말했다.

굵은 목소리가 복장과 어울리지 않는 위압감을 내풍긴다.

이글거리는 검은 눈동자가 사내의 거대한 야망을 싣고 타올랐다.

그러나 불꽃처럼 타오르던 사내의 야욕은 곧 타버린 재처럼 사그라져 없어졌다.

*   *   *

어제와 오늘은 다르다.

같은 하늘이고 같은 땅인 듯 보여도 어제의 하늘은 어제의 하늘일 뿐 오늘의 대지는 될 수 없었다.

인간사 마찬가지다.

어제의 영광이 반드시 오늘의 영광일 수 없고, 어제의 군건함이 당연히 오늘의 철옹성으로 이어지진 않는다.

화산 멸문!

믿을 수 없으나 믿어야 하는 이야기.

섬서제일문 화산.

다른 문파도 아닌 바로 그 화산이 단 하룻밤 사이에 멸문지화를 당했다.

"사실입니까?"

"그렇습니다. 지금 회에서도 사태의 경위를 파악하느라 정신이 없다고 합니다."

"흉수는 밝혀졌습니까?"

"확실히 드러난 것은 아닙니다. 다만 생존자의 증언이나 기타 몇 가지 정황으로 추측하건대 아무래도 마각 쪽을 의심하는 모양입니다."

"마각이란 말이지요."

설운이 표정을 굳히며 마각이란 말을 낮게 읊조렸다.

―천하 만민이 고통 속에 죽어갈 거요. 죄 없는, 힘없는 사람들이 단지 이 세상에 살고 있단 이유만으로 죽임을 당할 것이오. 암흑 세상이 올 거요. 누구도 막을 수 없는 지독한 혈겁이 머지않아 온 천하를 덮칠 것이오. 그러니 부탁하오. 부디 사람을, 천하를 지켜주오.

다문경이 그에게 일러준 말이 있다.

이전에도 없었고 이후에도 없을 공전절후의 대참사가 일어날 것이라 했다.

혈겁으로부터 천하 만민을 지키는 것, 그게 그의 부탁이었다.

'이것이 그가 말한 혈겁의 시작일까?'

화산의 멸문은 예삿일이 아니었다.

그 자체로도 큰일이긴 했지만, 다문경이 말한 바대로라면 더 큰일이 기다리고 있다.

수천이, 수만이 죽어갈 천하무림 대혈겁이 강호를 기다리고 있는 것이다.

며칠 후, 이금호가 새로운 소식을 들고 설운을 다시 찾았다.

"이상한 소문이 번지고 있습니다."

"무엇입니까?"

"화산 다음으로 멸문할 곳이 바로 이곳 종남이란 소문입니다."

"근거가 있는 얘기인가요?"

"소문이란 게 원래 그렇듯이 밑도 끝도 없이 도는 얘기라 그 근원을 찾기가 힘든 일이지요. 그게 어디서 어떻게 나온 것인지 알아낸다는 것은 불가능한 일이구요. 한데 그 소문의 여파가 만만치 않습니다."

이금호가 설운 쪽으로 바짝 당겨 앉으며 사안이 신중함을 전했다.

"작년에 대야평에서 있던 혈겁을 아시지요?"

"잘 압니다."

"그 흉수가 마각이란 것도 아실 테구요."

"네."

"이번 화산 멸문에 마각이 관여했을 거란 추측도 말씀드렸 을 겁니다."

"그런데요?"

"이름이 드러났습니다. 대야평과 이번 화산 혈겁의 흉수가 마각이고, 그들이 종남을 치러 오고 있다는 소문 말입니다."

"마각이란 말이 소문에 포함되었다는 말씀입니까?"

이금호가 고개를 끄덕였다.

"아시다시피 마각의 이름을 알고 있는 자는 천하에 몇 없 습니다. 정파에서도 본 회의 상층 인사 몇몇을 빼면 아는 자 가 없기는 마찬가지구요. 그런데 알려졌습니다. 지금 밖은 난 리가 났습니다. 아시다시피 며칠 전 화산의 일도 일이지만, 작년 대야평의 일 또한 큰 사건이었잖습니까? 더구나 그때 죽 은 사람들과 관련된 문파를 보면 거의 천하무림 전체라 해도 무방하고요."

대야평의 영웅제에서 죽은 이의 수만 오천이 넘었다.

게다가 죽은 사람 대부분이 각파의 미래를 이어갈 젊은 영

봉이었으니 천하가 느끼는 공분은 결코 적지 않았다.

"사람들이 몰려들고 있습니다. 마각이 종남을 친다는 소문 때문에 지난 원수를 갚겠다며 무림인들이 지금 이곳 종남으로 몰려들고 있습니다. 화산의 멸문에 이런 소문까지. 대체 앞으로 어떤 일이 벌어지려는지 모르겠지만, 어쨌든 지금 상황이 그렇습니다."

말을 하던 이금호가 잠시 숨을 가다듬었다.

진지한 눈빛이 설운을 향해 있다.

"폭풍이 불 것 같습니다."

조그맣지만 강한 어조로 이금호가 설운에게 말을 전했다.

"우리가 짐작하지 못하는 거대한 암류가 서안을 향해 밀려들고 있습니다. 지나친 억측일지는 모르지만 소문의 근원 역시 그들일 것입니다."

이금호의 표정엔 확신이 있었다.

"검주."

"네, 말씀하십시오."

"조심하셔야 합니다."

짧은 말 속에 깊은 뜻이 담겨 있다.

"검주가 얼마나 강한 사람인지는 제가 잘 알고 있지만, 드러나지 않은 상대만큼 위험한 것은 없습니다. 제 말 꼭 명심해 주십시오."

                    *   *   *

  서안은 붐볐다.

  중원 각지에서 찾아온 무림인들로 서안은 무림 대회장을
방불케 했다.

  승(僧), 도(道), 속(俗)의 각양각색의 무림인들이 삼삼오오
몰려다니면서 서안 주민들을 불안하게 만들었다.

  장안객잔은 미어터졌다.

  객실은 벌써 동이 났고, 일 층 주루엔 대낮부터 자리를 차
지한 무림인들로 숨 돌릴 틈조차 없을 만큼 바쁘게 돌아갔다.

  "호홍. 엄청 벌겠구나."

  아래층에서 들리는 떠들썩한 소리에 황노가 기괴한 웃음
을 머금었다.

  "부러우시면 황노께서도 하나 차리시든지요."

  "객잔이 차리고 싶다고 거저 차려지는 건가? 요게 있어야
지, 요게."

  황노가 엄지와 검지로 둥근 구멍 모양을 만들었다.

  "제가 보태 드릴 의양이 있습니다."

  이금호가 사람 좋은 얼굴로 황노에게 운을 던졌다.

  "정말? 호홍. 이거 확 끌리는데?"

  주름진 얼굴 위로 누런 이가 드러난다.

  "생각이 있으시면 언제든지 말씀하십시오. 천하의 이금호

가 빈말을 하리까? 허허."

"호홍. 좋아, 좋아. 내 조만간 터를 잡고 찾아오도록 하지. 그땐 꼭 약속 지켜야 해?"

"아무렴요. 허허허."

실없는 농담이 오고 갔다.

그만큼 황노와 이금호는 친분이 쌓였다.

황노의 성격이야 변함이 없으니 그들의 친분은 전적으로 이금호가 이끌어낸 결과였다.

사람 사귀는 데엔 천부적인 재능을 갖고 태어난 사람이었다.

설운은 말없이 의자에 앉아 있었다.

원래 말수도 적은데다 사람들이 주고받는 농에 익숙하지 않은 탓도 있다.

똑똑.

문 두드리는 소리가 들린다.

"들어가도 되겠습니까?"

이어 낭랑한 목소리가 들려왔다.

"들어와."

목소리로 방문객을 짐작한 설운이 그를 불렀다.

고준이다.

문이 열리자 황노가 급히 모습을 감추었다.

굳이 그럴 필요 없다고 했지만 황노는 사람들 앞에 자기를 드러내는 것을 싫어했다.

추악한 용모 탓도 있고, 그늘에서 은밀히 설운을 보필하겠다는 생각 때문이기도 했다.

"어서 오시오, 고 공자. 며칠 새 신수가 훤하십니다. 허허"

들어서는 고준을 가장 먼저 반겨준 이는 이금호였다.

붙임성 좋은 사람답게 누구를 만나든 항상 먼저 인사를 건네는 것이 습관처럼 되어 있었다.

"아, 이 대협께서도 계셨군요."

고준이 밝게 웃으며 이금호에게 인사를 했다.

"앉아."

설운이 빈자리를 가리켰다.

"앉을 일까지는 아니고, 그냥 말씀을 전하러 왔습니다."

"종남?"

"네. 조부께서 어떡하실 생각인지 물어보라 하셔서요. 만약 가실 거면 함께 올라가자는 말씀도 전하라 하셔서."

고준의 말에 설운이 이금호를 바라보았다.

"글쎄요. 허허. 전 아무래도……."

설운이 고개를 끄덕이고는 고준에게 생각을 전했다.

"안 가. 그리 전해 드려."

"조부께서 웬만하면 함께 가셨으면 하는 눈치시던데."

"죄송하다고 전해줘."

"뭐, 할 수 없죠. 알겠습니다. 그리 전해 드리지요. 그럼."

고준이 깍듯이 절을 하고는 방을 나갔다.

그가 나가자마자 황노가 다시 모습을 드러냈다.

"올라가 보는 것도 괜찮지 않겠습니까?"

예를 갖춘 말투다.

설운은 황노를 특별히 구속하지 않았다.

특별히 해야 할 일이 있는 때를 제외하면 그에게 따로 시키는 일도 거의 없었다.

그럼에도 황노가 설운을 대하는 것은 달랐다.

조심스러웠고 공경이 묻어났다.

"당연히 가야겠지. 가서 저놈들이 무슨 수작을 부리려 하는지도 들어봐야 하고."

"그런데?"

"대놓고 갈 필요는 없지. 없는 듯 은밀히. 그게 우리잖아?"

설운이 가볍게 웃더니 자리에서 일어섰다.

"준비해."

"저도 갑니까?"

"가기 싫으면 있고. 꼭 같이 가야 하는 자리는 아니니까."

"아닙니다. 주공께서 가시는데 어찌 제가……."

"그럼 가. 그리고 그 주공 소리 좀 빼면 안 될까? 난 이상하게 적응이 안 되네."

"주공을 주공이라 부르는데 그리 말씀하시면……. 그렇다고 딱히 생각나는 말도 없구요."

"몰라. 아무튼 주공은 빼."

"알겠습니다……."

어딘가 주눅이 들어 보이는 황노였다.

*　　　*　　　*

서안으로 들어온 무림인들이 가장 먼저 찾은 곳은 종남이었다.

신분 고하를 막론하고 그들은 종남으로 발길을 향했다.

난처해진 것은 종남이었다.

무림인들이 그들을 방문하는 이유를 잘 알고 있다.

돕고자 찾는 그들에게 고마움도 느낀다.

그러나 종남은 보통의 문파가 아니었다.

화산과 더불어 섬서 제일을 다투는 거대 명문 정파였다.

확실하지도 않은 막연한 위협에 문파의 앞마당을 내놓는 것도 모양새가 좋지 못했고, 설사 그들의 호의를 받아들여 무림인들을 문파 내로 들인다 해도 수용할 수 있는 공간 자체에 한계가 있었다.

결국 종남은 수차례 내부 회의를 걸쳐 나름의 지침을 마련했다.

무림인의 방문을 허용하되 어느 정도 제한을 두기로 한 것이다.

간단히 말해 사람을 가려 받겠다는 뜻이다.

약간의 반발이 있었지만 큰 목소리는 되지 못했다.

강자존.

무림 강호의 절대 원칙은 무너지지 않기 때문이다.

*　　　*　　　*

산길은 가팔랐다.

여느 도가 문파처럼 종남 또한 명산고처(名山高處)에 그 자리를 틀고 있어서 정문에까지 이르는 길은 평탄하지 않았다.

여름을 맞이하는 푸른 신록과 잎사귀 위로 빛나는 눈부신 햇살이 시원한 바람과 어울려 생기를 뿜어냈다.

"저기 정문이 보입니다."

가볍게 신법을 운용하며 산책하듯 가파른 산길을 오르던 고견과 고준이 비탈 위로 우뚝 솟은 기와지붕을 보며 단숨에 거리를 좁혀갔다.

수백 년 세월의 흔적을 이끼로 담아내고 있는 넓고 큰 기와지붕 앞으로 이미 많은 무림인이 와 있고, 도복을 걸친 도사 몇이 붓을 들고 사람들을 맞이하고 있다.

"존함을 일러주십시오."

도관을 쓴 중년 도사가 공손히 이름을 물어왔다.

고견이 절대고수이나 도사는 그의 얼굴을 본 적이 없기에 이름을 물어본 것이다.

"고죽검이라 적어주시오."

고견을 대신해 고준이 조부의 별호를 얘기했다.

"고, 고죽……."

불러주는 대로 이름을 적어가던 중년 도사가 갑자기 선불 맞은 멧돼지처럼 벌떡 자리에서 일어났다.

"고견 대협이십니까?"

고견이 고개를 끄덕이자 중년 도사가 붓을 놓고 고견 앞으로 달려나와 절을 올렸다.

"빈도가 무지하여 큰 결례를 범했습니다. 이쪽으로 오시지요."

중년 도사가 황송한 표정을 지으며 고견과 고준을 문 안으로 인도했다.

"고죽검?"

"고견 대협?"

미리 와 있던 무림인들 사이에서 작은 소요가 일어났다.

당연한 일이었다.

우내팔존.

그 위대한 이름이 주는 무게를 뉘라서 모를까?

혹자는 경외심에 탄성을, 혹자는 기대와 존경으로 지나가는 고견에게 경의를 표했다.

"내가 살아생전에 우내팔존을 직접 보게 될 줄이야."

무명(武名)이 낮아 종남 안으로 들어서지 못하던 시골 무사 하나가 동그란 눈으로 안으로 들어서는 고견의 모습을 뚫어 져라 보았다.

퇴짜 맞은 더러운 기분도 잠시, 이곳 종남에 오길 정말 잘 했다는 생각이 드는 시골 무사였다.

고견이 정문을 지나 조금 안으로 들어가니 종남 장로 원 걸(元杰)이 마중을 나왔다.

"어서 오십시오. 저는 본 문의 말단 장로 직분을 맡고 있는 원걸이라 합니다. 고명이 자자하신 고견 대협을 뵙게 되어 실 로 영광입니다."

예상치 못한 고견의 방문에 원걸이 한껏 고무된 표정으로 그를 맞았다.

신빙성이 없다고 해도 들리는 소문이 흉흉해 바짝 긴장되 어 있던 것이 종남의 분위기였다.

그러던 차에 다른 이도 아닌 우내팔존이 도움을 위해 방문 했으니 그보다 더 반가운 일이 어디 있으랴?

"장문께서 소식을 듣고 오고 계시는 중이니 일단 이쪽에서 조금만 기다려 주십시오."

원걸은 지극히 공손한 자세로 고견을 귀빈청으로 안내했 다.

고민할 필요도 없는 최고의 손님이니 그곳 외에 다른 자리 는 생각조차 들지 않았다.

차 한 잔이 식어갈 시각, 종남 장문 도현이 사람들을 대동하고 귀빈청을 찾아왔다.

함께 온 사람 중엔 종남 도사뿐만 아니라 미리 와 있던 무림의 이름난 명숙들도 있었다.

장문각에서 도현과 함께 앞일을 논의하고 있던 중 고현의 방문 소식을 듣고 그를 만나러 온 것이다.

그들이 각파의 어른이고 무림의 명숙이라 하나, 우내팔존이라는 이름 앞에서는 모자람이 많은 자들이었다.

직접 내려옴이 타당했다.

"오랜만에 뵙습니다."

고견과 안면이 있는 무당의 청운자(靑雲子)가 반가움을 표했다.

예전 그의 사형이자 우내팔존의 일인이었던 청진자가 고견과 더불어 논검을 한 적이 있다.

그때 사형과 함께 고견을 본 이후 적지 않은 인연을 이어오고 있는 중이다.

"별일 없지?"

"덕분에 잘 지내고 있습니다."

"다행이군. 장문께서는 여전하시고?"

"네. 무탈하십니다. 약간 잔소리가 늘어난 것만 빼면 말이죠. 허허허."

"원래 나이 먹으면 잔소리가 심해지는 법이야."

"그렇습니까? 허허허."

청운자와의 인사가 끝나자 승복을 입은 스님 한 명이 고견에게 절을 올린다.

"법혜(法慧)라 합니다."

소림사대금강 중 한 명이자 장차 소림의 장문 재목으로 기대를 한 몸에 받고 있는 법혜 스님이었다.

"제갈기(諸葛基)입니다."

제갈세가의 제일호법 제갈기도 왔다.

"형산의 동방우(東方禑)입니다."

그리고 또 한 사람, 형산의 동방우가 정중히 예를 갖추었다.

이목구비가 뚜렷하고 특히 굵은 눈썹이 인상적인 사내였다.

도도히 흐르는 대하(大河)처럼 차분하면서도 진중한 기도가 눈에 띄었다.

예사 고수가 아니었다.

그를 보는 고견의 시선에 흥미로움이 묻어났다.

"묵오와는 어떤 사이인가?"

같은 형산파의 고수이자 우내팔존의 일인이던 묵오와의 사이를 물었다.

풍기는 기운이 그와 무척 닮아 있었다.

"사부 되십니다."

"그렇군. 반갑네."

고견이 고개를 끄덕이며 동방우를 반겨주었다.

생각 이상의 거물들이 한자리에 모였다.

소림, 무당, 형산은 구대문파의 일원이고, 제갈세가는 무림 오대세가에 그 이름이 당당히 올라 있는 명문 중의 명문이다.

섬서를 중심으로 인근 하남과 호북의 주요 문파가 빠짐없이 다 모인 것이다.

만약 소문이 좀 더 퍼진 뒤였다면 아마 천하 모든 문파에서 종남에 사람을 보냈을 게 분명했다.

"자, 서로 인사도 나누고 하셨으니 그만 안으로 드시죠. 손님을 밖에 세워두고 있자니 제 마음이 편치 않습니다."

도현이 귀빈청 안으로 사람들을 이끌었다.

밝고 환한 그의 표정은 종남을 찾은 무림 명숙들에게 푸근한 인상을 심어주기에 충분했다.

*　　　*　　　*

간단한 다과가 놓인 탁자 주변으로 사람들이 원을 그리고 앉아 있다.

이런저런 얘기가 오가고 분위기가 무르익을 때쯤 법혜를 시작으로 본격적인 대화가 시작되었다.

"놀라운 일입니다. 화산이 그렇게 무너지다니."

"홍수는 더 놀랍지요. 마각이라던가요? 생전 듣지도 보지도 못한 이름인데."

"작년 대야평에서의 혈겁도 그자들 소행이라더군요. 혹시 그 외의 다른 얘기를 또 아시는 분 계십니까?"

"글쎄요. 저도 소문만 들은지라."

소문 이상의 정보를 가진 자는 없었다.

워낙 은밀히 이루어진 일이라 강호 누구도 눈치챈 사람이 없는 것이다.

"자네는 어떤가?"

고견이 도현의 생각을 물었다.

"종남은 괜찮은가?"

소문의 당사자인 종남의 반응이 궁금했다.

"본 문도 떠도는 소문 외에 다른 이야기를 들은 바는 없습니다. 다만……."

"다만?"

말끝을 흐리는 도현의 말에 중인들의 시선이 도현에게로 모였다.

"사실 본 문에 큰 변고가 있었습니다."

"변고라 했나?"

"네."

도현이 근심 어린 표정으로 한숨 쉬듯 대답했다.

"무슨 큰일이 있었단 말이오?"

같은 도가로서 왕래가 잦은 무당의 청운자가 놀란 음성으로 말을 건넸다.

"그게… 양백 사제가 실종되었습니다."

"뭐라?"

"여운검이?"

중인들이 저마다 한마디씩 내뱉으며 자신의 놀란 심정을 표출하였다.

"어찌 된 영문인가? 다른 이도 아니고 종남일검이 실종되다니? 혹시 실종이 아니라 다른 사정이 있는 게 아닌가?"

고견의 물음에 도현이 고개를 저으며 다시 한숨을 내쉬었다.

"저도 처음엔 믿을 수가 없어 다른 방향으로 양백 사제를 찾았지요. 하나 은밀한 조사 결과 실종이라고 결론 내렸습니다."

"장문인, 좀 더 자세히 말해보시오. 나는 도무지 이해를 못하겠소. 양백이라니요. 이미 무로써 일가를 이룬 그를 대체 누가 있어 해할 수 있단 말이오? 그것도 종남 안에서."

"처음엔 사제가 폐관에 든 줄 알았습니다. 자주 있던 일이라 당연히 그렇게 생각했지요. 그러다 얼마 전 본 문에 일이 있어 폐관동으로 사람을 보냈습니다. 그런데……."

도현이 상황을 꾸며내어 사람들에게 말했다.

아무것도 모르는 다른 참석자들은 도현의 말을 곧이곧대로 믿고 있다.

"다툼의 흔적이 있고, 그 외엔 아무것도 발견되지 않았습니다."

"누구의 짓인지 혹시 짐작 가는 곳이라도 있나?"

도현이 표정을 굳히며 눈빛을 빛냈다.

"그렇잖아도 며칠 전에 조그만 실마리 하나를 얻었습니다."

"그래?"

"누구요, 그 흉수가?"

"아직 명확한 건 아닙니다만, 크게 의심 가는 곳이 한 곳 있습니다."

"그게 어딘가?"

"장안객잔입니다."

"장안객잔?"

고견이 도현에게 반문했다.

"장안객잔이 확실한가?"

"네, 어르신. 본 문의 조사에 따르면 이번 양백 사제의 실종 배경엔 장안객잔이 있습니다."

"대체 일개 객잔이 무슨 힘이 있어서? 더구나 장안객잔이라면 누구나가 다 아는 서안의 전통 있는 객잔이 아닙니까?"

제갈기가 의문을 표했다.

"객잔은 겉으로 보이는 모습일 뿐, 뒷배가 있음이 확실합니다."

"그게 누군가?"

"솔직히 그것까지는 밝혀내지 못했습니다. 다만 근래 무림의 일로 짐작하건데……."

"마각이란 말이오?"

청운자가 도현의 생각을 짚어갔다.

도현은 대답 없이 가만히 고개를 끄덕였다.

도현의 말이 이어졌다.

"장안객잔의 주인 이금호의 비밀 안가가 있습니다. 저희 조사에 따르면 그곳 안가에 양백 사제가 잡혀 있음이 분명합니다."

"확실한 정보인가?"

"그렇습니다."

"정말 믿기 힘든 이야기로군. 끄응."

고견이 침통한 얼굴로 낮게 신음을 흘렸다.

고견은 이금호와 안면이 많았다.

그의 아비와도 그 아비의 아비와도 고견은 교류가 있는 사이였다.

믿기 힘든 애기였다.

그러나 믿지 않을 수도 없었다.

종남의 장문인이 하는 말이다.

그를 믿지 못한다면 누구를 믿을 수 있을까?

*　　*　　*

'왜?'

몰래 몸을 숨긴 채 대화를 엿듣고 있던 설운이 제일 먼저 떠올린 단어는 '왜?'였다.

양백에게 위해를 가한 것은 도현이다.

그런 그가 왜 스스로 양백의 일을 꺼내는 것일까? 물론 거짓으로 얘기를 지어내곤 있다 해도 이해가 가지 않는 행동이다.

두 번째로 떠오른 생각은 '어떻게?'였다.

분명 양백은 이금호의 안가에 있다.

그리고 그것은 회의 일을 하는 소수의 사람만이 아는 비밀이다.

일 처리는 조심스러웠고, 외부로 새어 나갈 일은 없었다.

'어떻게 그가 아는 것인가?'

정보가 샜다.

출처는 몰라도 이금호의 주변에 문제가 있었다.

설운의 미간이 찌푸려졌다.

"종남이 비록 구대문파에 속해 있다 해도 절대무적의 힘을 가진 문파는 아닙니다. 고민을 많이 했습니다. 어떤 희생을 치르고서라도 양백 사제를 구하러 제자들을 보내야 하는지, 아니면 좀 더 추이를 지켜봐야 하는지. 다행히 원시천존의 돌봄이 있으셨는지 이렇듯 강호 영웅들께서 와주시니 얼마나 다행스럽고 고마운지 모르겠습니다."

도현이 자리에서 일어났다.

그리고 둘러앉은 사람들을 향해 정중히 절을 올리기 시작했다.

"장문!"

"왜 이러십니까?"

"도와주십시오."

도현이 바닥에 머리를 댄 채 간절한 목소리로 사람들의 마음을 흔들었다.

"고견 어르신 이하 여러분의 도움이라면 양백 사제를 구할 수 있을 것입니다."

"장문, 그만 일어서시게."

"아닙니다, 어르신. 종남을 위해서, 더 나아가 무림 대의를 위해서 이깟 무릎 한번 꿇는 것이 무슨 대수겠습니까? 그러니……."

도현이 고개를 들었다.

떨리는 얼굴과 방울 맺힌 눈동자가 북받치는 감정을 제대로 표현하고 있었다.

"부탁드립니다."

"알겠네. 장문께서 무슨 말을 하는지 잘 알겠으니 그만 일어서시게."

"어르신!"

"일단 진위 여부부터 확인해 보세. 그 이후의 일은 그때 가서 다시 생각하기로 하고."

"안가라고 하셨소? 일단 그곳부터 가는 게 순서일 것 같소. 이러고 있을 게 아니라 바로 가보도록 합시다."

제갈기가 자리에서 일어서며 행동을 독려했다.

법혜와 청운자가 따라 일어섰고, 동방우 또한 몸을 일으켰다.

[안가로 가라. 가서 양백의 신병을 확보하도록. 필요하다면 마령시를 써도 좋다.]

설운이 멀리 떨어져 몸을 숨기고 있는 황노에게 급히 전음을 넣었다.

안가가 노출되었다면 양백의 신변에도 문제가 있을지 모른다.

도현이 장안객잔을 원흉으로 지목한 이상, 양백의 신병만이 그의 무고함을 증명해 줄 수 있는 유일한 방도였다.

'늦지 않아야 할 텐데……'

양백의 안위가 걱정되었다.

*　　　*　　　*

고견 등과 함께 이금호의 안가로 가면서 도현은 내심 떨고 있었다.

내려온 명이 그러했기에 말은 일단 꺼냈지만, 불안한 마음은 어쩔 수 없었다.

이해가 가지 않는 지령이었다.

사실 도현은 양백이 어디에 있는지 몰랐다.

이금호의 안가도 지령이 아니었다면 몰랐을 것이다.

시키기에 했지만 혹시라도 양백이 살아 있고 그가 자신을 흉수로 지목한다면.

'아냐. 그럴 리가 없어.'

도현이 머리를 저으며 잇따르는 잡념을 털어냈다.

귀전의 행사는 은밀하면서도 치밀하다.

이제껏 그랬듯이 그 안엔 자신이 보지 못하는 깊은 내막이 숨어 있을 게 분명했다.

'그럴 게야.'

도현은 스스로를 다독였다.

하지만 다 꺼지지 않은 불티처럼 불안감은 여전히 가시지 않고 그의 심중에 남아 있었다.

도현이 또 한 번 고개를 저었다.

"걱정이 되시나 봅니다."

옆에 서서 나란히 신법을 펼치고 있던 법혜가 도현을 보며 위로를 건넸다.

법혜가 보기에 도현의 그늘진 얼굴에 가득 찬 근심은 사제를 걱정하는 사형의 마음으로 비춰졌다.

"아, 아니네."

도현이 어색한 미소를 지었다.

"걱정 마십시오. 다 잘될 테니."

법혜가 온화한 미소로 도현을 달래주었다.

"고맙네."

도현이 평소의 표정을 되찾았다.

언제나 표정 관리에 완벽하던 그인데, 처음으로 자신의 속내를 다 드러내 버렸다.

'일단 가서 보자.'

도현이 깊게 심호흡을 하고 마음의 평정을 되찾으려 애썼다.

귀전의 일에 허술함이란 없으니 일단은 믿어야 했다.

서안 외곽.

농지로 둘러싸인 작은 언덕 위에 낡은 장원이 한 채 서 있다.

낡은 장원은 예전 인근 농지를 거의 다 소유하고 있던 어느 큰 부자의 소유였다.

그런데 나랏일에 얽힌 부자가 역도로 몰려 가문이 망하면서 장원은 주인을 찾지 못해 거의 버려지다시피 했다.

그것을 이금호가 사들였고, 지금은 이금호의 안가 역할을
하고 있다.

"저곳입니다."

도현이 안가를 가리켰다.

"그래?"

고견이 도현의 말을 듣자마자 신법에 속도를 배가했다.

시위를 떠난 화살처럼 그의 몸이 앞으로 쭉 뻗어 나갔다.

그 뒤를 동방우가 따랐다.

이어 법혜와 청운자가 나란히 뒤를 이었고, 제갈기가 맨 뒤
에 섰다.

함께 올 땐 드러나지 않던 능력의 차이가 한순간 드러났다.

"어찌 되었습니까?"

정문을 들어선 청운자가 장원 마당에 서 있는 고견에게 물
었다.

고견이 고개를 저었다.

"아무것도 없어."

"다른 흔적이라도……."

법혜가 주위를 둘러보며 다시 물었다.

"잡히는 게 없어. 이미 이곳을 떠난 게 분명해."

"이미 다른 곳으로 빼돌렸을 겁니다."

제갈기가 조금 붉어진 얼굴로 생각을 얘기했다.

"이금호를 만나야겠군."

고견이 몸을 돌려 장원을 나섰다.

어차피 그들이 갈 곳은 거기밖에 없었다.

*   *   *

서안에 들어왔던 무림인들이 장안객잔으로 몰려들었다.

소문이 퍼진 탓이다.

종남일검이 실종되었고, 그 흉수가 장안객잔이라는 소문
이다.

당연히 분위기는 흉흉했다.

영웅제, 그리고 화산의 혈겁이 마각의 짓이라는 소문이 퍼
져 있는 상황에서 장안객잔이 그들과 관련되어 있다는 소문
은 평소 이금호가 쌓아온 명성에 상관없이 그를 악적으로 만
들기에 충분했다.

와장창!

누군가 던진 돌에 객잔 창 하나가 또 박살이 났다.

암묵적인 동의하에 객잔 안으로 진입하는 사람은 아직 없
었지만, 성난 마음까지 다 풀어진 것은 아니었다.

몇몇 과격한 인사가 앞뒤 재지 않고 마음에 있는 흉성을 이
끌어냈다.

그들 몇몇에게는 이미 장안객잔이 이 일의 배후로 각인되

었다.

의협이란 미명 아래 숨어 있던 저급한 폭력성이 드러난 것
이다.

"대체 이게 무슨 일이야?"

이금호가 객잔 아래를 내려다보며 한숨을 내쉬었다.

빈자리 없이 빽빽하게 객잔을 둘러싼 군중을 보니 두려움
마저 일었다.

아직은 저러고들 있지만 언제든 저들은 객잔 안으로 난입
할 수도 있었다.

그러면 누가 있어 저들을 막을 수 있을까?

"허어……."

답답한 마음에 한숨만 나왔다.

"땅 꺼지겠습니다."

답답해하던 이금호의 귀로 반가운 목소리가 들렸다.

"검주!"

이금호가 이제는 살았다는 밝은 표정으로 설운을 반가이
맞았다.

"대체 이게 무슨 일이랍니까? 제가 마각의 주구라니요?"

"도현의 짓입니다."

"도현? 이런 쳐 죽일 놈이!"

"도현이 거짓 소문을 내고 있습니다. 우리가 양백을 위해
하고 그를 납치했다고요."

"그런 말도 안 되는!"

"안가도 알더군요."

"네?"

"다행히 양백의 신병을 우리가 먼저 확보했으니 일이 저자의 의도대로 순순히 흘러가지는 않을 겁니다."

설운의 말이 끝나자마자 황노가 양백을 안고 실내로 들어왔다.

급히 오느라 배려를 못해서인지 양백의 표정이 창백한 것이 안되어 보였다.

"괜찮겠지요?"

이금호가 새삼 느껴지는 이해 못할 현실에 불안감을 드러냈다.

"걱정 마십시오. 칼은 우리가 쥐고 있습니다. 도현이 그 어떤 거짓으로 사람들을 현혹시킨다 하더라도 양백 도사가 있는 이상 걱정하실 게 없을 겁니다. 더구나……."

설운이 마지막 말은 속으로 삼켰다.

그러나 이금호는 그 못다 한 말이 무엇인지 알 수 있었다.

같이 지내다 보니 잠깐 잊고 있었다.

그는 회의 검주이기 이전에 혈령귀마였음을.

그리고 천하가 다 덤벼도 이기지 못할 절대고수임을.

*   *   *

이금호의 안가까지 갔다가 허탕을 친 고견 등은 장안객잔으로 다시 발걸음을 옮겼다.

서안 중심으로 들어서니 객잔을 중심으로 구름처럼 몰려있는 수많은 인파가 눈에 보인다.

실로 엄청난 수의 인파였다.

"벌써 소문이 퍼졌단 말인가?"

고견이 의아함을 품고 사람들을 보았다.

"그러게 말입니다."

청운자가 고개를 설레설레 저었다.

바삐 움직인 걸음이었는데 어느새 저렇듯 사람들이 모였다.

희한한 일이었다.

"그나저나 사람들을 뚫고 지나는 것도 큰일이겠군요."

제갈기가 몰려든 사람들을 보고 혀를 내둘렀다.

"할 수 없지."

굳은 표정을 짓고 있던 고견이 몸을 허공에 띄웠다.

빠르지도 느리지도 않은 속도로 공중에 떠오르던 고견의 몸이 새처럼 군중의 머리 위를 날아갔다.

단순한 도약이 아니라 말 그대로 공중을 날아가는 모습이다.

"이기충신(以氣冲身)!"

삼화경에 이른 자가 보이는 천인의 경지에 도현을 비롯한 고수들의 눈에 감탄이 서렸다.

*   *   *

"정문이 뚫렸습니다!"

황자충이 다급한 목소리로 외쳤다.

이금호가 부릅뜬 눈으로 설운을 돌아보았다.

설운이 안심하라는 듯 고개를 끄덕였다.

차분한 그의 여유에 이금호는 살짝 마음이 놓이는 모양이다.

제8장

흉수(兇手)

　탁자 위에 두 자루의 검이 있다.

　붉은빛이 요요한 검 한 자루와 하얀색의 고아한 검 한 자루.

　설운의 손이 두 자루 검 위에서 길을 잃고 있다.

　혈령검과 백검.

　설운은 검을 볼 때마다 자신의 처지를 생각했다.

　붉은 혈령검은 자신의 어두웠던 과거이고, 흰빛의 백검은 자신의 새로운 현재였다.

　손이 백검에 다가갔다.

　검신을 타고 오르던 손이 검병 위에서 멈춰 섰다.

검과 손의 거리는 불과 손가락 반 마디 정도. 손끝만 살짝 내려도 닿을 거리다.

손은 백검 위에서 한참을 서성거렸다.

내려가다 말고, 내려가다 말고.

그러나 손은 끝내 백검에 닿지 못했다.

신경질적으로 치워진 손이 바로 옆의 혈령검을 쥐었다.

아직은 멀었다.

*   *   *

흥분을 참지 못한 몇몇 무인이 객잔 정문을 부수고 객잔 안으로 들어왔다.

뒤를 이어 적지 않은 수의 무림인이 우르르 몰려들었다.

"나와!"

무인들이 고리눈에 이를 드러내며 일 층 주루를 뒤집어엎었다.

탁자와 의지가 부서지고 파편이 공중을 날았다.

"쥐새끼같이 숨어 있지 말고 당장 나와!"

야수가 으르렁거리듯 무인들은 살기 가득한 눈으로 여기저기를 휘젓고 다녔다.

"나를 찾으시오?"

이 층으로 난 계단 위에서 이금호가 천천히 모습을 드러냈다.

조금 전 불안해하던 모습과 달리 그의 신색은 여유가 있어 보인다.

"네 이놈!"

인내심이 약한 무인 하나가 이금호를 보고 칼을 뽑아 들었다.

"내 오늘 네놈의 목을 베어 천하의 정의가 살아 있음을 보여주리라!"

칼을 든 무인이 기세등등한 모습으로 이금호에게로 달려들었다.

흉흉한 기세에 이금호가 얼굴을 찡그렸다.

평생을 살며 남에게 호의를 베풀었을 뿐, 단 한 번도 남을 해하거나 안 좋은 소리를 해본 적이 없다.

그를 아는 모두가 그를 호인이라 했고, 그와의 친분을 소중하게 여기는 이가 많았다.

'내가 몰랐다.'

이금호는 새삼 세상인심의 무서움을 깨달았다.

어제까지 그렇게 친하게 지내던 이들은 다 어디 갔는지 하나도 보이지 않고, 보지도 듣지도 못한 아무 상관 없는 자들이 자신을 욕하며 칼을 들고 있다.

허무했다.

허탈했다.

그동안 살아온 삶이 무엇이었는지 회의가 일었다.

툭툭.

설운이 그의 어깨를 몇 번 가볍게 두드렸다.

이금호가 쳐다보니 맑게 웃어준다.

'다 그런 것은 아니구나.'

설운이 새롭게 보이는 이금호였다.

"죽어!"

무인이 몸을 날렸다.

머리 위로 치켜든 서슬 퍼런 칼날에서 일도양단의 기세가 풍겨났다.

쉬익!

칼이 공기를 가르고 이금호의 머리 위로 떨어졌다.

제법 날카로운 한 수였다.

단 이금호처럼 무공을 모르는 사람에게는.

설운이 가볍게 손을 뻗어 내려오는 칼날을 잡았다.

탁자 위에 놓인 젓가락을 집듯 너무나 자연스러운 모습이다.

"이익!"

사내가 순간 당황하며 용을 써보지만 설운의 손가락 사이에 사로잡힌 칼날은 더 이상 움직이지 않았다.

차분한 설운의 눈이 칼 든 사내를 향했다.

무표정한 얼굴에 깊이 가라앉은 눈동자가 사내의 두 눈과 마주쳤다.

오싹한 눈빛이다.

"어어……."

사내는 한기를 느꼈다.

한없이 깊고 검은 눈동자를 보며 알 수 없는 두려움을 느꼈
다.

오금이 저렸다.

설운이 한 걸음 앞으로 걸어갔다.

평범한 걸음인데 거대한 벽이 다가오는 듯하다.

사내는 목이 탔다.

관자놀이를 타고 땀이 맺혀 흐른다.

'고수!'

그제야 깨달았다.

설운이 자신과는 비교조차 할 수 없는 고수란 것을.

사내가 주춤주춤 물러섰다.

탁.

사내의 뒤꿈치에 부서진 탁자가 걸렸다.

사내가 뒤로 풀썩 주저앉았고, 주인 잃은 칼이 바닥에 떨어
져 나뒹군다.

"사, 살려……."

사내의 얼굴에 절망의 그늘이 졌다.

순간적인 호기로 객잔을 들어왔지만 그게 얼마나 치기 어

린 행동이었는지 온몸으로 깨달았다.

분수를 넘어선 대가이다.

사정은 객잔 안으로 들어선 다른 무림인들도 마찬가지였다.

분기만 탱천했을 뿐 그리 높지 않은 무공을 가진 그들에게 설운은 존재감만으로도 위협적이었다.

설운이 내뿜는 차갑고 서늘한 얼음 같은 기세에 객잔 안으로 들어왔던 무림인들이 서서히 발을 물리기 시작했다.

누구 한 사람 소리를 내는 자가 없었다.

*   *   *

어기충신에서 능공허도로 신법을 바꾼 고견이 천천히 허공에서 몸을 내렸다.

그의 천신과도 같은 신위에 몰려 있던 사람들이 말을 잃고 그만 바라보고 있다.

"실례하오."

바람과 구름처럼, 혹은 물 찬 제비처럼 나머지 일행이 속속 객잔 앞으로 내려섰다.

고견만큼은 못했지만, 그들이 보인 신법 또한 군중의 탄성을 자아내기엔 충분했다.

"와아아!"

"대단하다!"

뒤늦게 탄성이 터져 나왔다.

고수들이 보여준 극상승의 경신 공부는 객잔 앞에 몰려 있는 군중에게 커다란 힘을 더해주었다.

고수란 그런 것이다.

함께 있음으로 힘이 되고, 위안이 되고, 의지가 될 수 있는 존재.

기고만장(氣高萬丈).

군중의 사기가 하늘을 찌를 듯 솟아올랐다.

"강호 동도 여러분!"

사람들의 웅성거림을 뚫고 누군가 소리쳤다.

무당의 청운자가 군중 앞으로 나서고 있다.

"아시다시피 여기 고견 대협을 비롯한 우리는 지난 영웅제의 혈겁과 화산의 일 때문에 이리 모이게 되었소이다. 그리고 현재 우리는 그와 연루된 사람들을 쫓고 있는 중이외다. 그와 관련하여 한 가지 강호 동도 여러분께 부탁이 있소이다."

"말하시오."

"말씀하십시오. 무엇이든 들어드리리다."

"무엇입니까?"

여기저기서 사람들의 호응이 이어졌다.

한둘이 아닌 수십, 수백이 내는 소리에 서안 거리가 떠들썩했다.

청운자가 고개를 끄덕이고는 두 손을 들어 군중을 안정시켰다.

"여기 모이신 강호 동도의 마음은 다 같을 것입니다. 사특한 무리를 응징하고 무림의 정의를 세우는 것. 그 정의로운 길에 누군들 나서고 싶지 않겠습니까?"

"옳소!"

"맞소!"

"와아아아아!"

함성이 울렸다.

청운자가 다시 손을 들었다.

"그래서 드리는 부탁입니다. 지금 이 자리에 모인 강호 동도만 수천 명이 넘소이다. 만약 여러분 모두가 협의를 실행하고자 행동에 옮기면 이곳은 큰 혼란에 빠질 것이 자명한 일. 그러니 차후로 이번 일과 관련된 일처리를 고견 대협을 비롯한 우리에게 맡겨주심이 어떻겠습니까? 맹세코 한 치의 어긋남도 없이 모든 사실을 제대로 밝혀내겠소이다."

청운자는 일의 효율을 위해 이후 일 처리의 주도권을 고견을 비롯한 명문정파의 사람들 손에 맡겨주길 요청했다.

군중은 거부하지 않았다.

거부할 수도 없었다.

일단 보이는 자들만 해도 소림과 무당, 거기에 형산과 제갈세가가 있고 이곳 섬서의 패자 종남도 있었다.

더군다나 우내팔존 중 한 명인 고견까지 그 안에 들어 있으니 감히 누가 나서서 그들의 행사를 거부할까.

"그럼 그렇게 알고 일을 진행하겠소이다."

청운자가 포권을 하며 감사의 뜻을 전했다.

"제자들은 여기 남아 질서를 유지하라. 자칫 어지러운 혼란 속에 사특한 자들이 엉뚱한 생각을 품을지도 모르니."

청운자를 비롯한 각 문파의 대표가 조용히 문파 제자들에게 명을 내렸다.

수천의 군중이 뭉치면 힘이 되겠지만, 흩어지면 오히려 역효과를 볼 수도 있었다.

무력은 고견을 비롯한 자신들로도 충분할 것이니 쓸데없는 소란으로 일을 망치고 싶은 생각은 없었다.

"들어가시지요."

"알겠네."

청운자가 고견에게 앞길을 양보했다.

이제 이금호를 만날 차례였다.

정문 앞에 선 고견이 객잔 안으로 들어서려는 순간, 객잔 안에서 일단의 사람이 뒤로 물러 나왔다.

저마다 긴장이 가득한 눈으로 뒷걸음치던 사람들이 정문 앞에 서 있는 고견 등을 보고는 황급히 좌우로 갈라져 몸을 피했다.

이어 객잔 입구의 그늘 속에서 그들을 따라 천천히 객잔 밖으로 걸어 나오는 사람들이 있었다.

설운과 이금호였다.

"이금호다!"

앞쪽에 있던 한 무인이 이금호의 등장을 알렸다.

소리가 뒤로 퍼지면서 동요가 일었다.

파도처럼 출렁이던 군중 속에서 욕설이 터지며 저주가 이어졌다.

수천의 인파가 뿜어내는 적개심은 커다란 압력이 되어 이금호를 짓눌렀다.

모두가 자신을 욕하고 해하려는 분위기 속에서 이금호는 숨 막히는 고통을 느꼈다.

'대체 왜?'

잘못 없이 고초를 겪어야 하는 자신의 현실이 낯설고 또 두려웠다.

"죽여!"

"죽여!"

동요가 커지면서 살기가 고조되었다.

어디선가 이물질이 날아들었다.

앞으로 밀려드는 사람들로 인해 객잔 앞은 삽시간에 아수라장이 되었다.

"제자들은 뭘 하는가!"

문파 대표들이 제자들에게 엄한 소리를 했다.

"멈추시오! 멈추시오!"

"잠시 조용히 해주시오!"

소림과 무당, 종남의 제자들이 곳곳에서 군중들에게 자제를 호소했다.

그러나 한번 타오르기 시작한 군중의 분노는 식을 줄을 몰랐다.

"내 그리 부탁했건만."

청운자의 얼굴에 짜증이 일었다.

붉게 상기된 얼굴은 자신의 말이 통하지 않은 데서 오는 화와 민망함이 섞인 탓일 게다.

"갈!"

정문 앞에서 커다란 사자후가 터져 나왔다.

동심원으로 퍼져 나가는 막대한 경력에 사람들이 귀를 막고 고개를 숙였다.

평범한 무인들이 버텨낼 수 있는 소리가 아니었다.

장내의 소란이 한순간에 멈췄다.

고견의 능력이었다.

사자후로 소요를 잠재운 고견이 굳은 안색으로 앞을 보았다.

"자네가 왜 거기 있나?"

설운에게 물었다.

달갑지 않은 목소리다.

"둘이 아는 사이였나?"

고견이 설운과 이금호를 번갈아 보았다.

특히 이금호를 보는 고견의 눈매는 차고 매서웠다.

긴장한 이금호가 설운 뒤에 붙어 섰다.

"그렇습니다."

설운이 차분한 목소리로 대답했다.

"친한 사이고?"

"그렇습니다."

"내 말 뜻은……."

"압니다. 무슨 뜻인지."

설운이 담담히 말을 이어갔다.

"이분은 저를 도와주고 계신 분입니다."

"뭐라?"

고견의 눈썹이 꿈틀거렸다.

"그럼 자네가……."

도현의 말에 의하면 이금호의 뒷배가 있을 것이라고 했다.

마각이라 짐작한 도현인데 눈앞의 청년이 바로 그 뒷배였다니. 고견은 알 수 없는 배신감을 느꼈다.

고견이 매서운 눈으로 설운을 보았다.

실망한 눈빛이다.

반면에 설운은 평안한 눈빛이다.

맑은 기운이 눈 속에 가득하다.

'진정인가, 아니면 가식인가?'

구분하기 힘든 설운의 눈빛이다.

'그래, 일단 확인이 우선이지. 도현의 말이라고 해서 무조건 맞는 말이라고 믿을 수는 없으니. 중간에 오해가 있을 수도 있고.'

설운을 쏘아보던 고견이 생각을 고쳤다.

눈앞의 청년이 이금호와 함께 있다 해도 그게 그가 악인이라는 증거는 아니다.

종남이 일을 조사하는 과정에서 오류가 있을 수도 있었다.

고견이 보는 설운은 강하고 단호하지만 근본이 나쁜 사람은 아니었다.

솔직히 고견은 설운이 마음에 들었다. 하나뿐인 손자에게 친하게 지내라고 이를 만큼.

게다가 말도 들어보지 않고 미리 지레짐작으로 사람을 대하는 것은 잘못된 것이다.

확인이 필요했다.

"전후 사정은 자네도 잘 알 것일세."

"그렇습니다."

"단도직입적으로 묻지. 양백을 아나?"

눈을 넘어 영혼을 꿰뚫는 눈빛이 설운의 두 눈을 향했다.

"압니다."

"자네가 그를 데리고 있나?"

"그렇습니다."

설운은 망설임 없이 대답을 이어갔다.

"데리고 있다고?"

"네, 그렇습니다."

"이놈!"

청운자가 설운에게 노성을 질렀다.

큰 죄를 짓고도 저리 당당할 수 있다니 어이가 없었다.

상당히 뻔뻔한 놈이다.

"잠깐."

고견이 청운자를 향해 고개를 저었다.

"아직 할 말이 남아 있네."

고견의 얼굴은 매서웠다.

성급한 청운자의 행동을 질책하는 것이다.

"아, 네, 대협."

청운자가 고개를 숙이며 죄송함을 표했다.

민망한 일이 거듭해서 이어진다.

기분이 좋지 못한 청운자였다.

"내 마저 묻겠네."

고견이 진지한 얼굴로 말을 꺼냈다.

가장 중요한 말이 남아 있다.

"그렇다면……."

고견이 남은 말을 마저 꺼냈다.

"자네가… 양백을 해하려 했나?"

직접적인 질문이다.

설운의 대답 여하에 따라 이곳 객잔 앞을 혼돈의 장으로 만들 수도 있는 핵심적인 질문.

고견을 비롯한 다른 사람들의 얼굴에 긴장이 흘렀다.

"아닙니다."

"한 번 더 말해보게. 자네가 양백을……."

"분명히 아니라고 말씀드렸습니다."

설운의 눈은 흔들림이 없었다.

"전 단지 갇혀 있는 그를 구해 왔을 뿐입니다."

고견의 눈매가 풀렸다.

모든 게 오해였다.

                    *   *   *

'빌어먹을.'

도현은 속이 탔다.

귀전을 믿고 이 자리에까지 오게 되었지만, 상황이 변할 그 어떤 기미도 보이지 않았다.

"저자의 말을 어찌 믿을 수 있겠습니까?"

제갈기가 앞으로 한 걸음 나서며 큰 소리를 질렀다.

"저자는 여운검을 해하려 했다는 의심을 받고 있는 자입니다! 어찌 저자의 말만 믿고 판단을 내릴 수 있겠습니까?"

"옳소!"

"옳습니다!"

여기저기에서 동조의 목소리가 튀어나왔다.

보아하니 이미 군중은 설운과 이금호를 이번 사태의 주역으로 못 박은 듯했다.

흉수가 아니라는 설운의 말은 그들에겐 별 의미가 없어 보였다.

군중이 들썩였다.

고견은 그들의 생각을 무시할 순 없었다.

"증명할 수 있겠나? 자네의 말이 사실임을 증명할 수 있겠냐는 말일세."

설운이 고개를 끄덕였다.

"직접 물어보시지요."

"직접?"

"데려와."

설운이 말이 끝나자 객잔 안에서 다시 두 명의 사람이 밖으로 나왔다.

작은 키에 죽립을 쓴 사람 하나와 그의 팔에 의지해 힘겹게 발을 옮기고 있는 노인이 그들이다.

황노와 양백이다.

"여운검이다!"

"여운검이야!"

모습을 드러낸 양백을 보고 사람들이 고함을 질러댔다.

어쨌건 이번 사태의 중심에 그가 서 있었으니 그를 보고 군중들이 소리를 지르는 것도 어찌 보면 당연한 일이다.

"직접 물어보시지요. 그날 양백 도사를 해하려 한 게 누구인지."

설운이 황노로부터 양백을 인도받았다.

홀로 서 있기 힘들 정도로 불편한 기색이 역력해 설운이 양백의 팔을 잡아주며 그를 지탱하게 했다.

'이런!'

도현의 얼굴이 일그러졌다.

한 번도 이런 적이 없었다.

만약 귀전의 의중이 있었다면 여기까지 오기 전에 뭔가 일이 터졌어야 정상이다.

이상했다.

'이건, 이건 아니야. 이럴 수는……. 아니, 잠깐. 설마 혹시 나를 버리려는?'

생각과 동시에 눈이 커졌다.

심장이 터질 듯 요란한 박동을 시작했다.

'아닐 거야. 아닐 거야.'

꽉 쥔 두 주먹으로 촉촉이 땀이 배어났다.

가슴이 터질 것만 같아서 숨 쉬는 것조차 힘들었다.

'아닐 거야. 전이 왜 나를……. 아니야. 아니야.'

부정했다.

그러나 자꾸 부정해도 의혹은 확신이 되어갔다.

심장이 떨려왔다.

"자네, 날 알아보겠는가?"

고견이 양백의 앞에 서며 말을 건넸다.

양백이 힘없이 미소를 지으며 작게 고개를 끄덕였다.

"압니다. 제가 어찌… 고 대협을… 모르겠습니까?"

들릴 듯 말 듯 작은 목소리가 양백을 입에서 흘러나왔다.

"많이 힘들어 보이는군. 괜찮은가?"

"괜찮습니다……."

"고맙네. 힘들겠지만 조금만 버텨주게."

"네……."

"내 하나만 묻겠네. 자네, 자네를 해하려 한 흉수를 혹시 기억하나?"

고견의 말이 양백에게 전해졌다.

거리는 수천의 군중이 모인 자리라고는 믿을 수 없을 만큼 조용했다.

모두가 양백의 입을 주시했다.

"기억합니다."

"오오!"

사람들의 탄성이 터져 나왔다.

"조용히 해주시오!"

사람들의 목소리에 양백의 소리가 묻힐 듯하여 법혜가 사람들에게 조용히 해줄 것을 부탁했다.

객잔 앞은 다시 조용해졌고, 고견이 다시 질문했다.

"누구인가, 그자가?"

고견의 말에 양백이 힘겹게 고개를 돌려 사람들을 둘러보았다.

고견을 비롯한 많은 무림인의 얼굴이 보인다.

청운자, 법혜, 동방우…….

그렇게 주변을 돌아보던 시선이 도현 앞에서 멈추었다.

쿵!

도현은 심장이 내려앉는 소리를 들었다.

"꿀꺽."

너무나 긴장한 나머지 마른침이 연신 목을 타고 넘어간다.

저 입에서 자신의 이름이 거론되는 순간, 자신은 평생 쌓아온 모든 것을 잃게 된다.

도현이 양백의 입술만 뚫어져라 쳐다보았다.

양백은 말이 없었다.

"사제, 누구인가? 자네를 해치려 한 흉수가?"

도현이 억지로 웃으며 양백에게 말을 건넸다.

떨리는 음성이 스스로 듣기에도 어색했다.

순간 양백의 풀린 동공 속에서 한 줄기 광망이 터져 나왔다.

'헉!'

도현이 저도 모르게 움찔 뒤로 물러섰다.

모든 것을 다 알고 있다는 듯한 눈빛. 그 속엔 비릿한 조소마저 담겨 있다.

그러나 양백의 눈에 피어났던 광망은 곧 환영처럼 사라졌다.

그리고 양백이 천천히 입을 열었다.

"흉수는······."

제9장
요당(妖堂)

해가 서산으로 내려가면서 노을이 붉어졌다.

유달리 길었던 하루가 끝나가고 있다.

노을이 지면 어두운 밤이 뒤따를 것이고, 땅을 내리쬐던 뙤
약볕이 사라지면 시원한 저녁 바람이 낮의 더위를 식혀줄 것
이다.

그러나 서안의 하루는 끝나지 않았다.

장안객잔 앞을 가득 메운 무림인들의 하루는 끝나지 않았
다.

아직 그들이 바라던 절정의 순간은 다가오지 않았다.

하지만 머지않았다.

　말을 꺼내던 양백이 기운이 모자란 듯 고개를 떨어뜨렸다.

　"많이 힘든가? 그래도 힘을 내보게."

　고견이 안타까운 표정으로 양백에게 다가왔다.

　몸에 내기라도 불어 넣어 그의 기운을 북돋워주고자 함이다.

　양백이 슬쩍 눈을 돌려 설운을 보았다.

　그리고 다시 눈길을 고견 쪽으로 돌렸다.

　고견을 보는 그의 눈엔 절박함이 가득했다.

　"괜찮은가?"

　고견이 몸을 낮춰 그와 눈높이를 맞추었다.

　그러자 양백이 간절한 눈빛으로 설운 쪽을 향해 눈짓했다.

　숙여진 고개는 그대로인 채 눈동자만 움직인다.

　고견을 보고 다시 설운을 향해 눈짓하고.

　"자네……!"

　안타깝게 양백을 바라보던 고견이 순간 이상한 낌새를 눈치챘다.

　양백의 행동은 계속되고 있었다.

　고견을 한 번 보고 설운 쪽으로 눈짓하고.

　'설마?'

고견은 비로소 그가 전하고자 하는 것이 무엇인지 알 것 같았다.

고견이 전음으로 양백에게 자신이 파악한 뜻을 전했다.

[옆의 사람인가?]

그러자 양백이 비로소 안심한 듯한 표정을 지으며 보일 듯 말 듯 고개를 끄덕인다.

[확실한가?]

양백이 눈을 깜빡였다.

잘못 본 것이 아니었다.

양백은 설운을 흉수로 지목하고 있는 것이다.

'이런. 설마… 설마 했거늘…….'

아니라 믿었는데 사실이었다.

고견이 침통한 표정으로 눈을 감았다.

그리고 곧 허리를 세웠다.

몸을 세운 고견이 설운을 향해 시선을 돌렸다.

보는 눈이 예사롭지 않았다.

여러 가지 복잡한 심경이 담겨 있다.

설운이 그 눈빛의 의미를 읽었다.

'나를… 지목했군.'

설운이 표정을 굳히며 양백을 내려다보았다.

가식과 음모의 덩어리가 거기에 있었다.

예상 못한 결과였다.

'당했구나.'

제대로 한 방 먹었다.

설운이 양백을 부축하고 있던 손에 힘을 주었다.

그의 신병을 확보하기 위해서이다.

그때 신음과 함께 갑자기 양백이 몸을 휘청거렸다.

기운을 다한 듯 다리에 힘이 없어 보인다.

넘어지고 싶지는 않았는지 양백이 손으로 자신을 부축하고 있 설운의 팔을 꽉 잡았다.

그 순간 양백의 새끼손가락에서 뭔가가 빠져나왔다.

머리카락보다도 가늘어 눈에 제대로 보이지도 않는 침같이 생긴 것이 그의 손가락을 빠져나와 설운의 팔로 스며들었다.

설운이 양백의 눈을 보았다.

그리고 양백의 시선 또한 설운과 마주쳤다.

사악한 미소.

천하에 둘도 없는 사악한 미소가 양백의 눈을 지나 얼굴로 번져가고 있다.

양백이 설운의 손을 놓으며 바닥으로 쓰러졌다.

[네놈과 네놈 사부를 위해 당에서 특별히 준비한 것이다.]

양백이 바닥에 몸을 누이며 전음을 보냈다.

[살마호(殺魔毫)란 것이지. 잘 가거라, 혈령.]

득의의 미소가 양백의 얼굴에 가득했다.

살마호는 요당에서 마신궁주와 혈령을 상대하기 위해 오랜 연구 끝에 만들어낸 비침(秘針)이다.

거의 보이지 않는 굵기에 길이가 손가락 하나 정도 되는 이것은 평소 시전자의 손가락 속에 있다가 상대와 손끝이 만날 때 상대의 몸속으로 스며들게 되어 있었다.

워낙 가는데다가 침에 특별한 마비 독이 묻어 있어 예상대로라면 침이 스미는 동안은 상대가 제아무리 뛰어난 고수라 하더라도 그것을 느끼지 못한다.

살마호의 기능은 의외로 단순했다.

일정 시간 상대의 단전을 교란시켜 내공 수발이 자유롭지 못하게 막는 것이었다.

산공독과도 비슷했지만 차이점이 있었다.

설운이나 마신궁주처럼 천인의 경지에 이른 고수들에게 산공독은 먹히지 않는다.

설사 산공독이 먹혔다 하더라도 경지에 이른 고수들은 극히 짧은 시간에 금방 내공을 다시 회복할 수 있었다.

그에 비해 살마호는 단전을 교란함으로써 상대의 내공은 건드리지 않고 내기의 불균형을 일으킬 수 있었다.

입신을 넘어선 고수를 절정이 조금 넘는 고수로 끌어내리는 것이다.

그리고 그 차이는 아주 컸다.

넘을 수 없는 절대 경계가 무너지는 것이다.

설운이 뜻을 품어 기를 모았다.

그러나 내기가 제대로 모이지 않았다.

마치 주화입마에라도 든 것처럼 몸속의 내기가 제멋대로 날뛰고 있었다.

내공은 있으나 통제가 제대로 되지 않았다.

설운의 얼굴에서 표정이 사라졌다.

"설 공자."

고견이 설운을 나직이 불렀다.

"할 말이 있으면 해보게."

고견이 설운에게 변명의 기회를 주었다.

모든 정황이 설운을 향하고 있었지만, 고견은 설운에 대한 일말의 가능성도 배제하지 않았다.

"나는 자네를 믿네. 그러니……."

"이미 늦은 듯합니다."

"그 말은?"

"저는 아닙니다. 그러나 곧 그리되겠지요."

상대의 계략은 놀라웠다.

도현을 경계했지 양백은 생각지도 못했다.

어찌 됐든 일은 상대의 의도대로 되었다.

음모의 대상이 자신일 줄이야.

"일단 말을 해보시게. 나는……."

고견은 자신의 눈을 믿었다.

이제껏 그랬듯이 지금도 그는 자신의 눈을 믿고 있다.

설운이 적절한 해명을 내놓는다면 다시 처음부터 이 일을 풀어갈 요량이다.

그러나 이어진 누군가의 한마디에 모든 것은 물거품이 되었다.

"혈령귀마……."

소리가 들렸다.

모두가 입을 다문 채 고견을 집중하던 그때 누군가 소리를 질렀다.

"혈령귀마."

소리가 난 곳 주변에서 웅성거림이 일어났다.

"뭐라고 하셨소?"

"혈령귀마라고?"

"뭐? 혈령귀마?"

사람들의 시선이 고견으로부터 목소리의 주인으로 옮겨갔다.

사람들이 몰려 있는 군중 속, 초로의 사내 한 명이 겁먹은 얼굴로 설운을 가리키고 있다.

"혈령귀마!"

사내가 비명을 지르듯 소리 높여 외치고는 칼을 꺼내 들었다.

사해일선(四海一仙) 주욱(周昱).

팔 년 전, 혈령귀마의 혈겁에서 살아남은 천행삼자 중 일인인 그가 설운을 알아본 것이다.

거리는 삽시간에 혼란에 빠졌다.

'제대로군.'

계략은 끝난 게 아니었다.

혹시 모를 마지막 숨구멍까지 틀어막고 있었다.

더는 빼도 박도 못할 상황. 설운은 두 주먹을 꾹 쥐었다.

* * *

습기 찬 석실은 썩은 곰팡내와 오물 냄새가 뒤섞여 악취가 진동했다.

좁고 낮은 석실. 어둠을 밝혀줄 한 줌 빛도 없는 그곳에 노인 하나가 쇠사슬로 몸을 꿰인 채 공중에 매달려 있다.

네 개의 쇠사슬이 각각 그의 두 팔과 다리를 아래위로 잡아당기고 있고, 또 다른 두 개의 쇠사슬은 노인의 골반을 뚫고 벽에 박혀 있다.

혼절했는지 축 늘어진 노인의 몸은 미동조차 없었다.

상처 위로 맺혀 있는 작은 핏방울이 가끔 한 방울씩 아래로 떨어졌다.

끼이이이익!

귀를 거스르는 날카로운 소성이 울렸다.

이어 밖과 석실을 차단하던 굵은 철문이 조금씩 열리기 시작했다.

쿵!

문이 다 열리자 석실 안으로 누군가 들어섰다.

더럽고 불결한 석실과는 어울리지 않는 너무도 깨끗한 가죽신, 그리고 장신구로 요란하게 치장된 귀한 비단옷이 그 위로 모습을 드러냈다.

"잘 지내셨소?"

낮고 굵은 목소리가 좁은 석실 안에 울려 퍼졌다.

사내가 노인의 맞은편으로 걸어갔다.

흑의 경장을 한 무사가 의자를 하나를 들고 들어온다.

방석이 깔린 나무 의자는 꽤 넓고 커서 앉으면 상당히 편할 것처럼 생겼다.

"뭐, 불편한 건 없으시오?"

굵은 목소리의 사내가 의자에 앉으며 주변을 둘러보았다.

사슬에 매달린 노인에게 할 말은 아닌 듯했다.

"불편한 건 없는 모양이군."

노인이 말이 없자 사내가 혼잣말처럼 말을 내뱉었다.

사내는 의자에 편안히 기댔다.

한쪽 다리를 꼬고 앉아 느긋하게 노인을 바라본다.

한때는 원수였고, 한때는 사부였다가, 이제는 자신의 손안에 사로잡힌 별것 없는 노인네.

"기억하시는지 모르겠지만 내가 사부를 맨 처음 본 것은 내 나이 다섯 살 때였다오. 정확히 그해 오월 삼 일이었지. 고작 다섯 살 때 일인데 어찌 그리 날짜까지 정확히 기억하는지 아시오? 크크. 그럴 수밖에. 그날이 내 부모가 죽은 날이기 때문이지. 사부 당신 손에 말이오."

조그만 탁자 하나가 석실로 들어왔다.

그 위로 간단한 술상이 차려졌다.

"한잔하시겠소? 아, 그럴 상황이 못 되지? 크크."

사내가 술병을 들어 잔을 채우고 천천히 입으로 술잔을 가져갔다.

"사부가 떠나고 누군가 찾아왔더이다. 그가 말했소. 내 부모가 요당의 사람이고, 내 부모가 죽은 이유가 그것 때문이라고. 하하! 마각, 귀전, 요당, 마신궁……. 뭐 그런 얘기들을 늘어놓았소. 다섯 살짜리가 뭘 안다고."

사내가 술로 입안을 채웠다.

향긋한 주향이 입안을 감돌고, 목을 넘어가는 짜릿한 술의 느낌이 좋았다.

"금존청이오. 사부 당신이 좋아하던 술이지. 과연 사부가 좋아할 만한 술이오. 향도 맛도 참 좋구려."

사내가 다시 빈 잔을 채웠다.

또로롱.

병을 넘어오는 맑은 소리가 잔에 가득 찼다.

"내 오늘 재밌는 얘기를 하나 듣고 왔는데, 들어보시겠소? 듣다 보면 참 재밌구나 하실 게요."

사내가 몸을 뒤로 누인 채 술잔을 들었다.

무언가를 회상하는지 사내가 석실 벽을 멍하니 바라보았다.

손에 들린 잔에서 강한 주향이 올라왔다.

그러나 좋은 술의 향기도 석실의 악취를 몰아내지는 못했다.

"맞소. 나는 사부가 그토록 싫어하는 요당 사람이오. 일곱 살, 당신의 눈에 띄어 이곳 마신궁까지 오게 되었지만, 그 이전부터 나는 요당 사람이었소. 당신의 대제자, 마신궁의 장령(長靈)이기 이전부터 나는 요당 사람이었단 말이오. 들어온 이유? 뻔하지 않겠소? 당신을, 그리고 마신궁을 잡아먹기 위해서지. 사십오 년. 허허. 정확히 사십오 년이 걸렸소. 여기까지 오는데. 참… 길었구려."

사내가 나른한 표정으로 술잔을 입에 가져갔다.

악취에 묻혔던 주향이 다시 피어나고, 술은 사내의 기분을 맞추며 그의 나른함을 돋우었다.

"역시 좋은 술이야."

사내가 탁자 위에 잔을 놓았다.

그러고는 팔걸이에 두 팔을 편안하게 올렸다.

등받이에 머리를 기대니 잔디 위에 누운 듯 편하고 푹신했다.

"시작은 팔 년 전부터였소. 수십 년을 가리고 숨겨온 일을 그때야 비로소 시작할 수 있었지. 더는 늦출 수 없었소. 더 늦추었다가는 혈령 그 녀석을 영원히 못 잡을지도 모르겠다는 생각이 들었거든."

의자에 기댄 채 눈을 감은 사내가 말을 이어갔다.

노인이 그의 말을 듣고 있는지 그렇지 않은지는 신경도 쓰지 않았다.

그저 그동안 하지 못했던 말, 숨기고 가려야만 했던 자신의 지난 일들을 말하고 싶을 뿐이었다.

"혈령 그 녀석이 있는 한 마신궁은 무너지지 않을 테니 말이오."

사내, 단목휘(端木輝)라는 이름을 가진 마신궁 장령의 얼굴에 미소가 피었다.

그것은 원하던 것을 이룬 자가 보이는 만족과 득의의 표현이었다.

*   *   *

촤차창!

객잔 앞에 몰린 수천의 무림인이 일제히 무기를 꺼내 들었다.

노을에 반사된 수천의 도검이 스러지는 태양의 붉은빛을 뿜어냈다.

타는 황혼과 주홍빛 하늘, 그늘져 가는 거리 아래로 붉게 물든 수천의 분노한 얼굴이 한 사람을 향해 살기를 품었다.

"이 천인공노할 놈!"

"악적!"

"원수!"

저마다의 사연을 품은 무림인들의 분개가 온 거리를 넘어 서안을 울렸다.

죽은 줄 알았던 악귀가 살아 있다.

만 번을 죽여도 속이 풀리지 않을 철천지원수가 눈앞에 있다.

군중의 분노가 하늘을 치솟았고, 통제할 수 없는 격앙된 감정이 거리 전체를 뜨겁게 들쑤셔 놓았다.

"정말인가? 정녕 자네가 혈령귀마란 말인가?"

고견이 믿을 수 없다는 표정으로 설운에게 말했다.

"정녕?"

설운은 아무 말도 하지 않았다.

어떤 변명도 없었다.

군은 표정으로 군중을 바라볼 뿐, 그 어떤 말도 입 밖으로 내뱉지 않았다.

'이거 심상치 않은데?'

죽립 속에 가려진 황노의 얼굴에 긴장이 가득하다.

잠시 갈등도 일었다.

이참에 그를 두고 몰래 도망친다면 자신은 살 수 있었다.

뿐만 아니라 그토록 원하던 자유를 찾을 수도 있다.

하지만 황노는 그러지 않기로 마음을 정했다.

달아난다 해도 그가 갈 곳은 없었다.

자유를 얻는다 해도 밝은 햇빛 아래 그가 살 곳은 없었다.

설운은 나쁘지 않았다.

반말에 싸가지가 좀 없기는 해도 알게 모르게 자신을 향한 배려가 있었음을 알았다.

무엇보다 그와 있으면 재미가 있었다.

단조롭고 지루한 삶이 아니라 가슴 뛰는 긴장과 흥분이 그와의 삶 속엔 존재했다.

황노가 품안에서 환령소적을 꺼냈다.

제대로 한판 붙어볼 생각이었다.

*　　　*　　　*

"요당의 제일적(第一敵)은 마신궁이오. 당연한 말이지. 그러나 아시겠지만 마신궁만이 요당의 적은 아니라오. 마각이 있고 귀전도 있소. 참 복잡한 관계지요."

단목휘의 말은 계속 이어졌다.

"생각을 했소. 이런 관계가 지속되는 한 내 죽기 전에 영원히 마신궁을 먹진 못할 것 같더란 말이오. 마신궁을 먹어야 천하를 도모할 텐데……. 아, 내 목표는 마신궁이 다가 아니오. 원수니 뭐니 그런 것도 있긴 하겠지만 아까 말했듯이 난 그때 다섯 살이었소. 사실 부모의 원수란 걸 빼면 딱히 마신궁에 다른 불만은 없단 말이지. 난 포부가 크다오. 우리끼리 아웅다웅 싸우는 것도 재밌는 일이긴 하지만, 난 더 큰 세상을 품고 싶소. 천하 말이오."

단목휘는 두 팔을 넓게 벌리고는 과장된 몸짓으로 두 팔을 다시 모았다. 마치 그 안에 천하가 들어 있기라도 하듯이.

"하하! 어쨌든 이리 가다가는 안 되겠다는 생각이 들더이다. 그래서 수를 내봤지. 마각과 귀전도 치면서 마신궁 또한 날려 버릴 절묘한 수. 답은 있었소. 생각보다 어렵지 않은 답이. 간단한 것이었소. 생각을 조금만 바꾸면 말이오."

궁주와 궁뇌가 마각을 치려 할 때 단목휘는 마각에 그 사실을 넌지시 알려주었다.

물론 조금 늦게. 그들이 다시 회생하기엔 무리가 있을 정도로.

마각주 당우(唐禹)를 비롯한 수뇌부와 그의 직속 수하 일부가 살아남았다.

단목휘는 궁의 눈을 속이기 위해 마각주 당우를 대신할 가짜를 남겨두는 것을 잊지 않았다.

마각은 무너졌다.

하지만 완전히 무너진 것은 아니었다.

"마각은 수뇌가 중요했소. 그들이 있어야 내가 원하는 힘을 나에게 줄 수 있었거든. 그러나 귀전은 반대였소. 단순한 마각과 달리 그들은 머리가 있었단 말이지. 대가리를 날려야 했소. 귀전은 비밀스런 점조직이기에 윗자리를 잡으면 그 전체를 통제할 수 있거든. 일 처리는 알다시피 혈령이 해주었소. 그리고 보면 사제가 정말 훌륭한 검인 것은 분명하오. 내 이때까지 사부를 제외하고 그만한 인물을 본 적이 없으니. 그렇게 나의 천하대계는 시작되었소. 당연히 그 첫 상대는 이곳 마신궁이고."

단목휘는 귀전을 동원해 설운을 천하를 혼란시키는 대마두로 몰았다.

두 가지 목적이 있었다.

하나는 궁주의 검인 설운을 죽이는 것, 다른 하나는 그 과정을 통해 천하무림의 힘을 약화시키는 것.

그리고 만족할 만한 결과를 얻었다.

"사제가 산에 들 줄은 몰랐소. 난 좀 더 세상을 어지럽혀주길 바랐거든. 뭐, 그래도 나쁘진 않았소. 세상은 어지러웠고, 난 그 틈을 이용해 마각과 귀전을 확실히 내 손안에 쥘 수 있었으니 말이오. 시간을 번 게지."

*   *   *

"끼이이이익!"

기괴한 소리와 함께 객잔 안에서 다섯 구의 마령시가 튀어나왔다.

뻥 뚫린 두 눈 위로 시퍼런 귀광이 피어오르는 모습이 마치 금방 지옥에서 튀어나온 악귀 같았다.

[주공, 제가 마령시로 저들을 막아볼 테니 틈을 보아 달아나십시오.]

"주공이라 하지 말랬지."

"주공!"

설운이 고개를 저으며 황노의 입을 막았다.

"잊었나 보군. 내가 누구인지."

얼음장 같은 얼굴에 그보다 더 차가운 눈빛이 더해졌다.

"난 단 한 번도 내가 해야 할 일에서 도망쳐 본 기억이 없어. 그건 지금도 마찬가지고."

설운은 꼿꼿이 서서 군중을 바라보고 있다.

설운의 그 어디에도 당황한 흔적이나 두려움은 없었다.

딱히 기도를 열었다거나 살기를 뿜어내는 것도 아닌데 그는 커 보였다.

"난 그렇게 살아왔어."

설운이 차게 말을 내뱉었다.

"앞으로도 그럴 거고."

설운의 굳은 얼굴에 두려움은 보이지 않았다.

*　　　*　　　*

삼백예순넷.

마신궁 혈령이 되기 위해 죽여야 했던 사람의 숫자이다.

어린 날 사부의 손에 이끌려 마신궁에 들어간 뒤 오직 혈령이 된다는 하나의 목표 아래 그들 삼백예순네 명의 어린 목숨과 생존을 위한 경쟁을 벌여야 했다.

하나하나가 기재였다.

나이가 다르고 성별은 달랐어도 누구 하나 만만한 자는 없었다.

뛰어난 머리에 타고난 신체.

아무나 한 명을 골라잡아도 능히 한 문파의 동량이 될 수 있는 자가 바로 그들이었다.

살아남아야 했다.

오직 한 명만이 살아남을 수 있는 그 치열한 경쟁 속에서 살아남아야 했다.

죽이고, 죽이고, 또 죽이고.

마지막 혈령을 정하는 혈령제(血靈祭)의 광란 속에서 설운은 끝없이 상대를 베고 쓰러뜨렸다.

쉰다는 것은 죽는다는 것이고, 눕는다는 것은 영원한 안식으로 이어졌다.

생각 이전에 몸이 움직여야 했고, 두 손과 두 발은 부지런히 다음 상대를 베어가야 했다.

앞에 목숨을 노리는 자가 있었고, 뒤에도 목숨을 노리는 자가 있었다.

강한 패기로 다가오는 자가 있었고, 속을 감춘 웃음 뒤로 칼을 품고 다가오는 자도 있었다.

누구도 믿을 수 없는 지옥 같던 상황. 설운은 그 처참했던 혈령제의 광란 속에서도 두려움을 품은 적이 없었다.

그에게 있어 두려움의 대상은 단 한 명, 그의 사부뿐. 누구도 그를 위협하거나 주눅 들게 한 사람은 없었다.

혈령이 되어 임무를 수행할 때도 마찬가지였다.

수많은 적과 암계 속에서 생존을 위협받으며 임무를 수행해 나갔지만, 단 한 번도 두려움을 떠올린 적은 없었다.

'도망?'

우스운 말이다.

지옥보다 더한 상황에서도 피하지 않았거늘 겨우 이 정도 상황에서 몸을 피한다?

말도 안 되는 소리였다.

*　　*　　*

설운이 천천히 주변을 돌아보았다.

마령시의 갑작스런 등장에 군중이 주춤거리는 모습이 먼저 보였다.

이어서,

'네놈부터.'

바닥에 쓰러져 있다가 뒤로 물러서는 양백이 눈에 들어왔다.

설운의 몸에서 검붉은 마기가 터져 나왔다.

*　　*　　*

한 병의 술을 다 비운 단목휘를 위해 새로운 술병이 탁자 위에 놓였다.

단목휘를 위해 준비되어 있던 궁보계정(宮保鷄丁:사천식 닭볶음 요리)은 처음 들어온 그대로 있다.

고향이 사천이라 단목휘는 사천 요리를 즐겨 먹었다.

특별한 주문이 없는 한 그의 식사나 안주엔 늘 사천 요리가 나왔다.

술 한 병을 다 비운 단목휘가 처음으로 젓가락을 들어 고기 한 점을 집어 들었다.

화초(花椒) 향이 은은히 배어 나오는 게 안주로는 그만이었다.

"백리세가에서 마각의 비각이 발견되었다는 보고가 올라왔었소. 처음엔 별생각이 없었는데 문득 사제가 있던 태화산과 백리세가가 가깝다는 생각이 들더구려. 그리고 머릿속으로 한 가지 묘안이 떠오릅디다. 어쩌면 이것이 사제와 무림을 또 한 번 뒤흔들 수 있을지도 모르겠다는 생각 말이오."

단목휘는 설운을 경계했다.

언제고 설운은 자신의 앞길을 가로막는 장애물이 될 게 뻔했다.

몇 년 산속에서 꼼짝 않고 있지만 평생을 산속에서 지내지는 않을 게 분명했다.

"그럴 바에야 차라리 사제를 이끌어내는 것이 낫겠다고 판단했소. 백리세가의 발칙한 장손을 이용해 그를 끌어냈지요. 참, 그놈 말이오. 백리가의 장손. 하하! 그놈이 참 재밌는 놈이오. 많이 똑똑하고 야심도 크다오. 아마 조만간 큰일 하나쯤 치를 거요. 하하!"

요당은 설운의 일거수일투족을 감시했다.

천하가 곧 요당의 눈이니 그를 좇는 것은 그리 어려운 일이 아니었다.

"아시다시피 천하에 요당의 눈과 귀가 없는 곳이 없소. 그가 대야평을 가고, 이어 손천우를 찾아간 것도 다 알고 있었소. 광명회라던가? 뭐, 그런 이름을 가진 비밀결사조직의 수장이오. 아니지. 우리가 이미 알고 있는데 비밀 조직이라 할 수 있나? 하하하!"

단목휘는 수하를 통해 광명회에 칠강문의 정보를 알려주었다.

설운이 칠강문으로 가고, 다시 종남으로 가게 된 이면엔 단목휘의 보이지 않는 암계가 숨어 있었던 것이다.

"사부, 나는 마각을 손에 쥐었소. 귀전 또한 내 손안에 있고. 요당은 원래부터 나의 힘이었으니 더 말할 것도 없지. 근데 그거 아시오? 알고 보면 그들 전부가 다 내 손안에 있는데 저들은 아직도 저들이 예전과 같은 줄 알고 있다오. 그러면서 서로 비밀리에 움직이고, 서로를 경계하고 있지. 크크. 보는 맛이 있소. 바보처럼 아무것도 모른 채 시키는 대로 움직이는 저들을 보면 그것 이상으로 재밌게 또 있을까 싶소."

*   *   *

'원시천존……'

저도 모르게 도호가 튀어나왔다.

전혀 예상치 못한 방향으로 흘러가는 상황을 보며 도현은 정신을 차리기가 힘들었다.

양백의 입에서 자신의 이름이 나올까 노심초사했다.

전을 믿었지만 혹시라도 자신이 버려진 패가 되어 목이 달아날까 잠시 의심도 했다.

'정말이지……'

양백이 그럴 줄 몰랐다.

정기(正氣) 가득 찬 눈으로 자신을 꾸짖던 사제가 저런 사람이었다니.

그 또한 이 음모의 한 축이었다니.

도현의 가슴으로 서늘한 바람이 일었다.

'대체 전의 영역은 어디까지란 말인가?'

양백이 요당의 인물임을 모르는 도현은 모든 것이 다 귀전의 암계인 줄만 알았다.

'미리 언질이나 주었으면!'

갑자기 양백에 대해 괘씸한 마음이 들었다.

혹시나 싶어 마음 졸이던 기억이 새록새록 솟아났다.

'나쁜 놈.'

욕이 나왔다.

도현 자신이 양백에 했던 짓은 까맣게 잊고 뒤늦게 양백을 탓하는 것이다.

그런 도현의 마음이 통했음일까?

바닥에 있던 양백이 갑자기 큰 비명을 지르며 두 팔을 휘저었다.

붉은빛의 검신이 그의 가슴을 파고드는 것이 보인다.

혈령검. 설운이 손을 쓰기 시작한 것이다.

"끄어어어억!"

극심한 고통에 양백의 눈이 뒤집혔다.

종남의 무공 이전에 요당의 무공을 익히고 있던 그에게 설운의 혈령마기는 지옥의 고통으로 다가왔다.

적당히 눈치를 보며 몸을 뺐어야 하는데 일을 성공한 성취감에 설운 곁에 있는 것이 화근이었다.

"감히!"

고견이 언성을 높이며 설운을 향해 달려들었다.

가만히 말없이 서 있던 설운에게 일말의 안타까움을 품고 있던 그였는데, 갑작스런 설운의 살생은 그의 심기를 상하게 했다.

쉬릿!

예리한 소성에 이어 고견의 검이 설운의 혈령검을 향했다.

양백의 가슴에 박혀 있는 검을 쳐낼 생각이었다.

순간적이지만 고견의 검은 가볍고 경쾌한 움직임으로 설운의 검신을 향해 다가갔다.

그러나 어느새 치워진 혈령검으로 인해 고견의 검은 빈 공간만 가르고 말았다.

검을 빼는 동작에서 설운이 몸을 한 바퀴 회전하더니 고견의 옆을 지나 신형을 앞으로 쏘아갔다.

비록 천화경의 신기에는 못 미치지만 그래도 설운은 일정 경지 이상의 몸놀림을 보여주고 있었다.

내공 수발에 문제가 있어 고견과 정면으로 맞서기는 어려웠지만, 그를 피해 자신의 의도를 달성할 정도는 되었다.

"헉!"

도현이 헛바람을 들이켰다.

산들바람처럼 유연하게 몸을 움직인 설운이 부드럽게, 그러나 강맹한 기운을 담아 자신에게 검초를 시전하고 있었기 때문이다.

선홍빛 검극이 언뜻 보인다 싶더니 왼쪽 어깨 아래로 불에 지진 듯한 통증이 일었다.

눈으로 보고 머리가 판단하기 이전에 몸이 다가오는 검을 피했지만 완전히 검의 영역을 벗어나지는 못했다.

[고견을 막아!]

자신의 뒤를 따라오는 고견의 검을 느끼며 설운이 황노에게 뒤를 부탁했다.

"어어억!"

도현이 뒤로 몸을 빼며 군중 속으로 몸을 숨기려 했다.

그러나 다시 등 뒤로 강한 통증이 느껴졌다.

설운의 검이 그의 등을 쓸고 간 것이다.

"아악!"

비명 소리가 울렸고, 도현의 얼굴이 참혹하게 일그러졌다.

"이놈!"

고견이 진심으로 화를 냈다.

양백에 이어 도현까지.

뻔히 자신이 두 눈을 뜨고 보고 있는 상황인데도 설운은 자신의 존재 따위에는 아랑곳없이 마구잡이로 사람들을 해하고 있는 것이다.

고견이 분노했고, 그의 검 위로 검기가 치솟았다.

"네놈이 진정 악인이로구나! 내가 눈이 멀어 그것을 보지 못했구나! 하나 이제는 아니로다! 내 너를 베어 너의 그 더러운 악행에 대한 대가를 톡톡히 치르게 하리라!"

고견이 이전과는 확연히 다른 몸놀림으로 설운을 쫓았다.

검이 뻗고, 검기가 설운의 등을 노렸다.

설운은 반응이 없었다.

"꽤애액!"

마령시 하나가 고견의 앞을 막아섰다.

설운을 노리던 검기가 마령시에 튕겨 허공으로 사라졌다.

고견은 조금도 지체하지 않고 앞을 막고 있는 마령시에게 강력한 검세를 시전했다.

까앙!

쇳소리와 함께 마령시의 몸에서 불꽃이 튀었다.

"사람이 아니구나!"

갈라진 옷 사이로 흉측한 마령시의 본모습이 드러났다.

고견이 검에 기를 더했다.

"진즉 땅에 묻혔어야 할 것들이."

검기가 치솟던 검에서 눈부신 빛이 피어올랐다.

고견이 다가서는 걸음 그대로 다시 마령시를 찔렀다.

마령시가 팔을 들어 그의 검을 막았지만, 빛나는 검신은 마령시의 팔을 베고 가슴을 꿰뚫었다.

만년한철에 비견되는 마령시의 강한 몸통도 삼화경 고수가 시전하는 검강의 힘 앞에서는 무용지물이었다.

"꽤애애애액!"

그러나 마령시는 죽지 않았다.

이미 죽어 강시가 된 존재가 심장이 있을 리 없었다.

한쪽 팔이 떨어져 나간 마령시가 남은 손으로 고견의 검을 부여잡았다.

앞으로 전진하던 고견의 걸음이 멈춰 섰다.

그리고 설운은 도현의 목을 베었다.

* * *

"살마호란 것이오."

단목휘가 품안에서 가는 침 하나를 꺼내 탁자 위에 놓았다.

"사부와 사제를 위해 준비한 것이라오. 이미 사부의 몸 안에 들어 있는 것이기도 하고. 연구를 많이 했소. 희생도 많았고. 이것 하나를 만들어내기 위해 수십 년에 걸쳐 엄청난 대가를 치러야 했소. 어쩔 수 없었지. 인간이되 인간이 아닌 사부를 제압해야 하는데 그만한 대가도 들지 않을까?'

혼잣말을 하던 단목휘가 쇠사슬에 매달린 사부를 보았다.

노인은 여전히 눈을 감은 채 죽은 듯 미동이 없다.

"조금, 아주 조금이면 충분했소. 사부와 사제의 무공이 하늘을 두려워하지 않는 수준이라 해도 그 차이는 극히 미세한 것. 조금만 그 경지를 내릴 수만 있다면 사부든 사제든 제압할 수 있을 거라 생각했소. 그리고 보시다시피 나는 성공했소. 크크. 대단하지 않소?'

탁자 위에 놓여 있던 살마호가 파란 불꽃을 일으키며 타올랐다.

검은 연기가 피어오르고, 탁한 실내에 잠시 기이한 향이 감돌았다.

"삼매진화로 태울 수 있다오. 물론 몸 안에 든 이상은 어쩔 수 없지만. 효과도 좋다오. 하긴 직접 겪어봐서 더 잘 아시겠지."

단목휘가 만족스런 웃음을 띠더니 술병을 들었다.

평소 서너 잔 이상은 마시지 않던 술인데 유달리 술이 당겼다.

잔을 채우고 한잔 비우니 이만한 것이 다시 있을까 싶다.

"사제가 삼화경의 고수라 해도 살마호에 당한 이상 원래의 힘을 발휘하진 못할 것이오. 물론 완전히 무공을 잃은 것은 아니니 어느 정도 힘은 쓰겠지만. 글쎄, 과연 얼마나 버틸 수 있을까?"

*   *   *

양백과 도현의 죽음이 도화선이 되었다.

혈령귀마라는 이름 앞에 잠시 숨죽이고 있던 군중이 하나 둘 병기를 들고 설운 쪽으로 몰려들었다.

열 명이었다면, 백 명이었다면 하지 못했을 것이다.

그러나 이 거리에 모인 사람만 수천.

옆에 누군가가 있다는 것은, 그리고 누군가 앞장선다는 것은 이성적 판단을 넘어 알 수 없는 용기와 힘을 주었다.

그리고 그 속엔 귀전과 요당의 간자들 또한 들어 있다.

그들이 군중을 선동했다.

소리를 질러 사람들의 감정을 격앙시켰고, 움직여 사람들의 행동을 촉발시켰다.

거리의 군중들은 파도와 같았다.

일제히 거대한 함성을 지르며 물결처럼 설운을 향해 달려들었다.

[죽여서는 안 된다.]

설운이 황노에게 못을 박았다.

다시는 예전과 같은 과오를 저질러서는 안 되었다.

그날의 무인들처럼 여기 이곳의 무인들 또한 간악한 간계
의 희생자다.

죽이기는 쉬우나 그럴 순 없었다.

살기 위해 강호에 다시 발을 들여놓지 않았다.

명성을 위해 손에 다시 검을 든 게 아니다.

살리려고, 구하려고 다시 검을 잡았다.

그것을 잊어서는 안 된다.

설운에게 밀려드는 무림인들을 마령시가 벽이 되어 막아
섰다.

그동안 설운은 사람을 쫓았다.

마각, 귀전, 그리고 요당의 간자들을.

가만히 있으면 알 수 없었다.

그들이 일반 무림인인지 아니면 간자인지.

그러나 그들이 내기를 운용하는 순간 설운은 그들의 정체
를 알 수 있었다.

그들의 내기엔 그들만의 독특한 기운이 감돌고 있기 때문
이다.

설운의 검 아래 수십 명의 무림인이 쓰러졌다.

만약 설운이 온전한 몸이었다면 수십이 아니라 간자 전부
였을지도 모른다.

그만큼 간자의 수는 많았고, 그에 대응하는 설운의 속도는 빨랐다.

그러나 살생을 가려가며 적을 베기엔 다가오는 군중의 숫자가 너무나 많았다.

중과부적(衆寡不敵).

설운과 황노는 한계에 부딪쳤다.

[주공!]

황노가 다급하게 설운을 불렀다.

늦기 전에 떠나야 했다.

더 지체하다간 정말 다 죽을 수도 있었다.

설운이 강하다 해도 사람이다.

황노가 보기에도 완전하지 않은 몸으로 저들 수천의 무림인을 홀로 상대하는 것은 말이 안 되는 얘기였다.

마령시가 있다 해도 그것들이 천하무적의 절대 병기는 아니다.

설혹 일천, 이천의 무림인을 제압한다 하더라도 결국 저들의 칼날 아래 재가 되어 사라질 게 분명했다.

수천의 무림인 모두가 다 고수는 아니겠지만, 황노가 보기에도 꽤 높은 경지의 고수가 적잖게 보였다.

물론 다섯의 마령시라면 그들과 싸워 이길지도 모른다.

하지만 마령시에는 근본적인 약점이 있다.

바로 황노 자신이다.

마령시는 스스로 움직이지 못한다.

황노 자신이 살아야 마령시도 움직일 수 있었다.

마령시는 고수들을 막아내겠지만 황노 자신은 한계가 있었다.

움직여야 했다.

도망쳐야 했다.

제10장
점입가경(漸入佳境)

우웅.

짧은 진동이 있었다.

투명한 대기 속으로 무형의 기파가 퍼져 나갔다.

그리고 그 중심에 고견이 서 있었다.

"더는 안 되겠구나."

시퍼런 안광이 줄줄 흘렀다.

단정하던 머리는 산발이 되어 흩날렸고, 바람 없는 하늘 아래 그의 옷이 태풍을 만난 듯 펄럭거렸다.

파박!

온몸에서 뇌전이 일었다.

시퍼런 빛줄기가 사방으로 튀며 하늘과 땅으로 내려꽂혔다.

삼화경. 그 진정한 신위가 표출되는 순간이다.

"꽤애액!"

가슴을 뚫린 마령시가 발버둥을 쳤다.

뇌전처럼 타오르는 고견의 기운에 마령시가 처음으로 비명을 질러댔다.

"돌아가라!"

뇌전이 강렬해지고, 마령시가 눈부신 빛에 휩싸였다.

퍼억!

수박이 터지는 듯한 소리에 이어 마령시가 흔적도 없이 사라졌다.

고견의 기가 마령시의 내부에 이어 단단하던 외피까지 터뜨려 버린 것이다.

여파는 컸다.

고견을 중심으로 사오 장 안에 있던 무림인들이 강한 충격에 피를 토하며 쓰러졌다.

적지 않은 내상을 입은 것이다.

말로만 듣던 삼화경의 위력은 실로 대단했다.

"처음부터 궁금했다. 과연 너의 무공이 어느 정도일지. 또한 궁금했다. 혈령귀마란 존재가 얼마나 대단한 자이기에 우내팔존 중 셋이나 너의 손아래 죽어야 했는지."

광망이 번쩍이는 눈으로 고견이 설운을 노려보았다.

빛으로 둘러싸인 하늘의 신장처럼 고견의 모습은 무서우면서도 장엄했다.

"이제 내 직접 확인해 보겠노라."

고견의 검에서 빛이 일고, 몸이 한순간 빛으로 화했다.

쿠앙!

강력한 폭발음이 터지고, 설운이 있던 자리에 큰 구덩이가 파였다.

'제길.'

설운이 이를 악물었다.

내기의 수발이 여의치 않아 온전히 그의 공격을 다 피하지 못했다.

검은 피했으나 검을 둘러싸고 있던 고견의 뇌기는 미처 다 피하지 못한 것이다.

답답한 상황이었다.

아무리 내기가 불안정하다 해도 생사를 각오하고 고견과 싸운다면 최소한 그에게 적지 않은 피해를 입힐 수는 있었다.

양백이나 도현처럼, 혹은 이 자리에 있을 다른 적들처럼 살생의 목적이 분명하다면 걸어오는 싸움을 피할 리가 없었다.

아무리 상황이 좋지 않더라도 보이는 적을 두고 몸을 피할 설운은 아니었다.

어떠한 경우에라도 등을 보이지 않던 설운이다.

그날 혈령제의 그 참혹한 악몽 속에서도 설운은 단 한 번도 상대에게 등을 보인 적이 없었다.

그러나 고견은 자신의 적이 아니었다.

그래서 답답했다.

우웅!

고견의 이검(二劍)이 날아들었다.

처음보다 더욱 강한 위력이 담겨 있다.

'빌어먹을!'

설운이 있는 힘을 다해 그의 검을 막아갔다.

"폐액!"

마령시 하나가 둘 사이로 뛰어들었다.

그리고 잠깐의 차이를 두고 또 하나의 마령시가 안으로 뛰어들었다.

콰쾅!

"윽!"

달려들던 속도 이상으로 마령시 둘이 튕겨 나갔고, 설운 또한 적지 않은 충격을 입고 뒤로 쭉 밀려났다.

헝클어진 머리와 턱을 타고 흐르는 선혈이 그의 낭패를 보여주고 있다.

"고작 그 정도였더냐?"

고견이 발을 땅에 닿지도 않고 미끄러지듯 설운 쪽으로 다가왔다.

고견은 설운이 살마호에 당한 것을 몰랐다.

그로 인해 본신 능력을 제대로 다 발휘하지 못하는 것도 알지 못했다.

"아니면 아직도 숨기는 것이 있더냐?"

생각보다 약한 모습을 보이는 설운에게 고견이 의심을 품었다.

처음 설운에게 가졌던 신뢰가 무너지고, 이어 그가 팔 년 전 무림 대혈겁의 흉수라는 사실까지 알게 되고 나니 설운에 대해 가졌던 깊은 호감만큼 강한 증오와 불신을 갖게 된 것이다.

"후우."

설운이 긴 숨을 들이켰다가 내쉬었다.

싫었지만 싸울 수밖에 없는 상황이 됐다.

자신이 아무리 뭐라 한들 자신의 말을 믿어주지 않을 게 분명했다.

물론 말로 다 해결할 생각도 없었다.

변명은 자신과 어울리지 않았다.

모든 건 칼로 말한다.

'일검.'

설운은 일검 승부를 떠올렸다.

내기가 흐트러져 제대로 된 힘을 쓸 수 없다.

그렇다고 이대로 그냥 무너질 수도 없었다.

'그렇다면.'

설운이 뭔가 마음을 먹었다.

설운의 차갑던 눈빛 속에서 붉은 기운이 타올랐다.

혈령마기가 지옥불처럼 피어올랐다.

*   *   *

"한 번, 아니, 두 번 정도는 가능할 것이오. 내기를 제어하겠다는 마음을 버리고 오히려 혈령마기를 다 풀어버린다면 두 번 정도는 제법 강한 힘을 낼 수도 있을 것이오. 사제는 분명 그리하겠지. 원래 그런 놈이었으니 말이오. 폭발한 혈령마기가 혈맥을 찢고, 내장을 부수고, 마침내 사제를 다 잡아먹어도 그는 그러고도 남을 위인이오. 그렇지 않소?"

*   *   *

검붉은 마기가 타올랐다.

팔 년 전, 천하를 충격과 공포로 몰아넣었던 혈령귀마의 진정한 본모습이 팔 년 만에 다시 현신했다.

자욱한 마기가 천하를 뒤덮었고, 매캐한 냄새가 군중의 감각을 마비시켰다.

일순간 돌변한 설운의 모습에 군중은 비로소 정신을 차렸다.

순간적인 감정으로 뜨겁게 타올랐던 적개심이 찬물을 끼얹은 듯 차게 식었다.

악신(惡神).

설운의 본모습은 딱 그것이었다.

"드디어 본색을 드러내는구나."

심상찮은 설운의 모습에 고견이 모든 힘을 끌어모았다.

고견의 장포가 더욱 크게 부풀어 올랐다.

만만하지 않았다.

본모습을 드러낸 악귀는 표현 못할 거대한 압박감을 전해주고 있었다.

가리고 남겨서 이길 수 있는 싸움이 아니었다.

최선을 다해야 했다.

이 싸움은 태어나 한 번도 없던 전신전력의 대결이었다.

우우웅!

고견의 주변으로 진동음이 울렸다.

우수에 쥔 그의 검신에서 더욱 밝게 빛이 났다.

검신을 적시던 빛은 점점 밝아져 보는 이들의 눈을 아프게 했고, 어느 순간 검의 형태는 사라지고 오롯이 빛만 남았다.

고견이 우수를 위로 들어 올렸다.

손을 따라 위로 오르던 빛이 고견의 어깨를 지나 머리 위로 오르자 고견의 손을 떠나 공중으로 떠올랐다.

이기어검.

고견이 보여주는 삼화경의 신위에 모두가 말을 잃었다.

"받아보라. 나의 모든 것이니라."

뇌전을 번쩍이며 빛 속에 묻혀 있던 고견이 손을 내려 검을 앞으로 쏘았다.

검은 말 그대로 한 줄기 빛이 되어 설운에게 날아갔다.

육안으로 따라잡을 수 없는 절대 속도의 빛이 설운의 가슴을 향해 파고들었다.

콰앙!

벽력성이 울리고, 빛이 터졌다.

대지가 울리고, 폭풍이 사방으로 몰아쳤다.

미리 공간을 비웠건만, 적지 않은 무림인이 또다시 내상을 입고 쓰러졌다.

천인의 싸움을 엿본 인간의 죄였다.

"쿨럭쿨럭!"

먼지와 함께 입은 내상에 무림인들이 기침을 해댔다.

자욱한 흙먼지 속에 시야가 가려졌다.

누가 이기고 누가 졌는지.

"으음."

신음 소리만 들리고 아무것도 알 수 없었다.

달깍.

얼마 후, 검이 검집에 드는 소리가 났다.

시간이 지나며서 조금씩 먼지도 옅어졌다.

궁금증 가득한 눈들이 고견과 설운을 오갔다.

둘은 원래대로 자리에 서 있고, 변한 것은 없었다.

고견의 어깨를 타고 흐르는 피만 제외한다면.

"졌구나……."

충격 받은 고견의 음성엔 힘이 없었다.

고견의 검이 빛이 되어 날아들 때, 설운의 혈령마기 또한 설운의 몸을 거쳐 혈령검에 들어갔다.

검은 더욱 요요히 붉은빛을 머금었고, 설운의 의지에 따라 날아드는 검을 향해 마주쳐 갔다.

검과 검이 부딪쳤고, 혈령검이 고견의 검신을 부수며 공간을 날아 고견의 어깨를 파고들었다.

죽일 수도 있었지만, 마지막 순간 설운은 검의 방향을 틀었다.

고견은 설운의 적이 아니기 때문이다.

"이럴 수가!"

군중은 절망했다.

태어나 처음 본 삼화경의 신위에 고견이 설운을 이길 것이라 믿었다.

제아무리 혈령귀마라 해도 고견의 눈부신 위엄 앞에선 무릎을 꿇을 것이라 굳게 믿었다.

그런데 고견 또한 예전의 우내팔존처럼 혈령귀마를 잠재우지 못했다.

믿고 싶지 않은 불신의 상황에서 군중은 동요했고, 실제로 접한 혈령귀마의 압도적인 위용에 들불처럼 두려움의 감정이 번져 갔다.

*　　　*　　　*

술병에 술이 거의 남아 있지 않았다.

병을 기울여 잔에 따르니 반잔이 채 되지 않았다.

흑의인 한 명이 다시 술병 하나를 들고 들어왔다.

"됐다."

단목휘가 손을 들어 그를 보내고는 다 채워지지 않은 술잔을 손에 들었다.

"딱 요만큼이오."

단목휘가 잔을 기울여 노인에게 보여주었다.

"사제의 죽음이 나에게 주는 가치는 딱 요만큼이오."

노인은 말이 없었다.

단목휘가 여전히 눈을 감고 있는 노인을 잠시 보다가 뻗은 손을 오므렸다.

"사제는 죽을 것이오. 어찌 되었든 그리될 것이오. 하나 사제의 죽음이 내가 원한 모든 것은 아니라오. 말했듯이 나는 사제의 죽음 하나만을 보고 있는 게 아니니 말이오. 나는 천하를 원하오. 사부도 누구도 이루지 못했던 무림일통! 내가 할 것이오. 사제의 죽음은 그 시작일 뿐이고. 크크."

단목휘가 기꺼운 웃음을 짓다가 잔을 입에 대고 한입에 털어 넣었다.

그러고는 잔을 바닥에 내팽개쳤다.

잔이 깨지고, 파편이 바닥에 흩어졌다.

"술도 다 됐고 나의 재미있는 이야기도 이제 다 된 듯하오. 재미있으셨소? 부디 재미있으셨길 바라오. 그래야 내 마음이 좀 편하지 않겠소? 사부께서 적적하실까 봐 내 이렇게까지 신경을 썼는데 재미가 없었다면 내가 기울인 정성이 아깝지 않겠소. 하하!"

단목휘가 몸을 묻고 있던 의자에서 일어섰다.

느긋한 표정으로 뒷짐을 지더니 천천히 노인 앞으로 걸어갔다.

그리고 손에 낀 반지들을 하나씩 빼냈다.

땡그랑.

반지가 바닥에 떨어졌다.

하나, 둘……. 사내의 손가락마다 끼어져 있던 값비싼 반지들이 더러운 쓰레기처럼 바닥에 버려졌다.

몸을 장식하던 장신구도 마찬가지다.

귀고리, 목걸이, 허리를 두르던 화려한 요대 등 사내 몸에 걸쳐져 있던 온갖 비싼 장신구가 반지와 마찬가지로 더러운 석실 바닥에 내버려졌다.

"얼마 후면 온 천하가 내 손안에 들어올 것이오. 그 기반을 사제가 닦아주었지. 하하! 그래서 난 사제를 사랑하오. 사제는 나에게 정말 많은 것을 주었거든. 그는 모르겠지만. 크큭. 아참, 내가 얘기했던가? 이 이야기의 마지막 결말이 어찌 끝나는지. 사제의 마지막이 어떻게 될 건지."

*　　*　　*

설운은 악귀와 같았다.

혈맥이 부풀어 일그러진 얼굴에 붉게 충혈된 눈동자, 산발한 머리 사이로 드러난 하얀 송곳니까지.

검붉게 타오르는 혈령마기 속에서 설운은 시뻘건 눈알을 번득이며 낮게 으르렁대고 있었다.

누구도 감히 그에게 다가서지 못했다.

불꽃처럼 일렁거리는 설운의 마기를 보며 누구도 감히 그것을 꺼뜨리겠다는 마음을 품지 못했다.

혈령귀마.

팔 년 전, 천하를 공포로 몰아넣었던 대마두의 악몽이 다시 현실로 다가온 것이다.

다들 숨죽여 바라만 보았다.

수천이 있었으나 의미 없는 숫자였다.

그때 거짓말 같은 일이 벌어졌다.

예전 그날처럼 누군가 혈령귀마를 향해 다가가는 이가 있었다.

"실례하오."

앞선 자에게 길을 부탁하며 천천히 설운에게 다가서는 한 사람의 무인. 넘어가는 석양빛을 넓은 등으로 받으며 한 걸음씩 뚜벅뚜벅 설운을 향해 다가가는 한 사람.

한 걸음을 내디디니 몸에 태산과도 같은 기세가 솟구쳐 오르고, 두 걸음을 내디디니 천지자연의 기운이 그와 함께했다. 세 걸음을 걸으니 악귀의 모습이 가려지고, 마침내 네 걸음, 악귀 앞에 서니 천상천하에 오직 그의 모습만 보였다.

형산 동방우, 그였다.

*   *   *

"천하는 영웅을 얻게 될 거요."

*   *   *

"형산의 동방우요. 그대의 손에 유명을 달리하신 묵오의 제자이기도 하오. 이제 나의 검으로 그대를 꺾어 사부의 원한을 풀고 천하 만민의 안정을 함께 도모하고자 하니 그대는 나의 검을 받으시오."

동방우가 두 손을 모아 포권의 예를 갖추었다.

생사를 결정하는 목숨을 건 사투 앞에서 그는 당당한 모습으로 예를 표했다.

죽어가던 군중의 얼굴에 생기가 번졌다.

한 사람에 대한 기대가 수백, 수천의 사람에게로 번져 나갔다.

희망, 그리고 열망.

눈부신 빛을 닮은 광검무제의 전설이 이 순간 서안에서 재현되려 하고 있다.

"동방우……."

깨질 듯 아픈 머리와 초점이 잡히지 않는 눈 때문에 설운은 동방우의 모습을 제대로 보지 못했다.

내기를 풀어놓은 결과로 온몸의 근육 하나하나가 고통의 비명을 지르고 있다.

귀는 잘 들리지 않았고, 판단력이 흐려졌다.

"크큭."

쓴웃음이 절로 났다.

죽음.

언제나 옆에 있는 것이라고 생각하던 그 말이 피부에 와 닿왔다.

남은 힘은 일검 이상을 허락지 않을 것이다.

'죽일 수 있을까?'

가능성이 없어 보였다.

하지만 그래도 싸워야 했다.

죽이고 또 죽이는 것이 자신이 해야 할 사명이었다.

그렇게 살아왔다.

'큭!'

설운이 입술을 질끈 깨물고 마지막 남은 통제력마저 다 풀어버렸다.

이제 자신은 자신이 아니다.

이지와 판단은 사라질 테고, 마지막 내기가 끊어질 때까지 피를 갈구하는 마인이 될 것이다.

추하게 죽을 것이다.

더러운 오명을 다 뒤집어쓰고 한 줌 재조차 남기지 못하고 죽을 것이다.

그러나 그래야 한다.

"크아아!"

칠공으로 검붉은 마기를 내뿜으며 설운이 마지막 포효를 했다.

양팔을 쫙 펼친 채 하늘을 향해 포효하는 그의 모습은 지옥에서 금방 튀어나온 아수라의 모습과 다르지 않았다.

"사라져라."

동방우가 설운을 향해 한 손을 내뻗었다.

고건처럼 빛나는 검도, 설운처럼 타오르는 기운도 없었다.

아무것도 들어 있지 않은 빈 손.

그러나 그를 바라보던 군중은 하늘과 대지가 거센 소용돌이처럼 휘몰아치며 그의 손안으로 휘말려 드는 것을 볼 수 있었다.

태양이, 달이, 별이 그의 손안으로 빨려들었다.

산천이, 초목이, 굳건하던 대지가 그의 손안으로 빨려들었다.

우르릉!

하늘이 울고 땅이 울었다.

꽈과광!

천지가 개벽하며 모든 것이 사라졌다.

남은 것은 빛이요, 보이는 것은 어둠이다.

그리고 하늘에서처럼 땅 위에서도 노을이 피었다.

설운이 천천히 무너져 내렸다.

제11장
반(反)

　─문(門)의 일로 왔어요. 문의 사람들과 같이. 자세한 애기
는 해드릴 순 없지만 아마 며칠 더 여기에서 머물러야 할 것
같아요. 공자는요?

*　　　*　　　*

　사람들이 환호성을 지르며 동방우에게로 몰려들었다.
　누구도 감당하지 못하던 혈령귀마를 새롭게 등장한 이 영
웅이 끝을 내버린 것이다.
　두 손 높이 들어 환호하는 사람들, 그를 조금이라도 더 가

반(反)　289

까이서 보고자 사력을 다해 밀려오는 사람들.

거리는 수천 군중이 내뱉는 소리로 떠나갈 듯 시끄러웠다.

고견은 제자리를 지키고 있었다.

왼쪽 어깨에서 피가 흐르고 있었지만, 그는 지혈할 생각조차 하지 않았다.

"괜찮으십니까?"

조금 떨어져 보고 있던 고준이 급히 달려와 고견의 혈도를 두드렸다.

지혈을 위함이다.

"이상하다."

고견이 혼잣말을 했다.

옷을 찢어 상처를 동여매던 고준이 고견의 얼굴을 보며 의아한 표정을 지었다.

"이상해."

"무엇이 말씀입니까?"

"전부."

고견이 환호하는 군중과 그들에 둘러싸인 동방우를 보며 깊은 생각에 잠겼다.

"전 솔직히 놀랐습니다. 저자가 평범한 사람은 아닐 것이라 생각하긴 했지만 그가 혈령귀마였다니……."

고준이 죽은 듯 바닥에 누워 있는 설운을 보며 고개를 저었다.

"그는, 날 죽일 수 있었다."

"네?"

"그가 만약 마지막에 검로를 꺾지 않았다면 검은 어깨가 아니라 심장을 파고들었을 것이다."

"그럴 리가 있겠습니까?"

고견이 고개를 끄덕였다.

"그래서 이상한 것이다. 그가 왜 그랬는지. 죽일 수 있었음에도 왜 날 살렸는지… 그게 이상한 것이다."

고견의 얼굴에 짙은 그늘이 드리워졌다.

*   *   *

[준비!]

[준비!]

군중 속 어디에선가 전음이 오고 갔다.

그중 한 목소리엔 다급함이 가득했다.

크게 다쳤다.

어쩌면 죽었을지도 모른다.

어서 빨리 그를 구해 그의 상세를 확인해야 했다.

시간이 없다.

옥유경은 마음이 급했다.

면사로 얼굴을 가렸지만 조급한 마음은 가려지지 않았다.

'사형은 뭐 하는 거야?'

답답했다.

당장이라도 뛰어나가고 싶었다.

그러나 참았다.

마음은 급하지만 혼자만의 일이 아니기에.

함께하는 일, 모두를 담보로 혼자 움직일 순 없었다.

[지금!]

기다리던 전음이 들려왔다.

옥유경은 전음이 들림과 동시에 지체 없이 허공으로 몸을 빼냈다.

그리고 물 위를 스쳐 나는 제비처럼 바닥에 쓰러져 있는 설운을 향해 날아갔다.

사람들이 뒤섞여 혼란스러운 틈을 타 설운을 구해낼 생각이다.

더 빨리, 더 빨리.

옥유경의 마음은 급했다.

"안 될 말이지."

설운과 마주해 있던 동방우가 옥유경의 기척을 눈치챘다.

다가오는 옥유경의 두 눈을 보며 그녀에게 경고를 보냈다.

옥유경은 그를 무시했다.

그를 상대할 사람은 따로 있었다.

"타압!"

군중 속 여러 곳에서 백색 무복의 사내들이 뛰쳐나왔다.

대여섯 명의 백의 사내는 한 명 한 명이 범접하기 힘든 기세를 뿌리며 동방우를 향해 덤벼들었다.

검에 이는 하얀 빛은 두말할 필요도 없는 검강이다.

절대 만만한 상대들이 아니었다.

뒤늦게 백의인들의 등장을 눈치챈 사람들이 난데없는 상황에 어리둥절해했다.

"습격이다!"

고함이 터졌다.

영문을 모르던 사람들이 주변을 돌아보며 상황 파악에 분주했다.

그러다 백의인들을 발견하고는 저마다 급하게 병장기를 꺼내 들었다.

백의인들의 검에 어린 새하얀 빛은 사람들에게 새로운 긴장을 불어넣었다.

장내의 혼란은 극에 달했다.

[서둘러!]

안명이 옥유경의 행동을 재촉했다.

비록 자신들이 경지에 오른 고수이긴 하지만, 눈앞에 태산처럼 서 있는 동방우를 이길 자신은 없었다.

기껏해야 그와 검을 나누면서 잠시 그의 시간을 끄는 정도.

그나마도 얼마나 버틸 수 있을지 장담하기 힘들다.

동방우는 강자였다.

그동안 마신궁이나 마각, 귀전, 요당의 무수한 고수와 격전을 벌여봤지만 기억 속에 저자보다 더 강한 자는 존재하지 않았다.

짧게 치고 빠져야 했다.

*　　　*　　　*

동방우는 백의인들의 모습을 하나도 놓치지 않고 있었다.

자신을 향해 달려오는 자들은 강한 기세를 품었으나, 그 안에 살기는 보이지 않았다.

'그렇다면?'

의도가 짐작되었다.

설운을 데려갈 모양이다.

동방우는 잠시 갈등했다.

자신이 비록 삼화경의 극에 서 있는 사람이라 해도 검강은 가볍게 대할 것이 못 됐다.

상대가 서너 명 정도라면 검을 날려 그들을 제지할 수는 있다.

하지만 상대는 일곱.

거리낌 없이 싸우기엔 여건이 좋지 못했다.

제대로 상대하려니 주변에 몰린 다른 사람들이 피해를 입게 될 것이다.

그래선 곤란했다.

기껏 공들인 일에 재를 뿌릴 순 없었다.

인의와 협의는 그가 갖추어야 할 필요조건이었다.

잘못된 희생이 나와서는 안 됐다.

그렇다고 사람들을 물리자니 늦었다.

난감한 상황이었다.

동방우가 쓰러져 있는 설운을 보았다.

죽진 않았지만 거의 죽은 상태나 마찬가지였다.

사지근맥이 다 잘리고, 몸 안의 혈맥이 다 끊어졌다.

살아도 평생을 누워 지내야 할 것이고, 설사 일어난다 해도 제대로 걷지도 못할 것이다.

설운은 강했다.

살마호에 당해 제대로 내기를 부릴 수 없는 상황이면서도 자신의 검에 재대로 반응을 보였다.

내색은 안 했지만, 동방우 역시 몸이 온전한 상태는 아니었다.

기혈이 들끓고 혈맥이 안정되지 않았다.

만약 그가 정상적인 몸 상태였다면……

'그래도 결과는 같았을 테지.'

동방우가 문득 떠오르던 만약이라는 가정을 확실한 믿음

으로 부정했다.

설운이 강하다 해도 삼화경의 극에 이른 자신을 이기지는 못했을 것이다. 단지 조금 더 길게 승부가 이어졌을 뿐이리라.

설운은 살아도 산목숨이 아니다.

무리를 할 필요는 없어 보였다.

굳이 주변 사람들에게 피해를 줘가면서까지 마무리를 할 필요는 없었다.

'그래도……'

찜찜함이 남았다.

혹시라도 그가 살아 후환으로 자랄지도 모른다.

맞다.

사람의 앞날을 어찌 감히 장담할 수 있을까?

'마무리를 짓는 것이 낫겠지.'

갈등하던 동방우가 마음을 굳혔다.

마음 한쪽에 찜찜함을 남겨두느니 확실하게 뒷마무리를 하기로 마음을 정한 것이다.

역시 죽이는 게 맞았다.

마음을 정하니 몸이 뜻을 따라왔다.

몸 안에서 묵직한 내기가 몸 밖으로 방출되면서 동방우 주변에 있던 사람들이 뒤로 밀려났다.

그리고 동방우가 다시 손을 들어 올렸다.

방향은 쓰러져 있는 설운 쪽이었다.

            *   *   *

"확인해 봐야겠다."
고견이 한마디를 던지곤 검을 세워 들었다.
그가 향하는 곳은 동방우 쪽이었다.

            *   *   *

"무슨 뜻입니까?"
설운에게 손을 쓰려던 동방우가 손을 거두고 옆을 돌아보
았다.
왼쪽에서 느껴지는 예리한 기세는 무시하고 넘어가도 될
만큼 가벼운 것이 아니었다.
"저자에게 확인할 게 있네."
고견이 동방우의 행동을 제어하며 설운 쪽으로 눈짓을 보
냈다.
"무슨 확인을 말씀하지는요?"
"나는 아무래도 걸리는 것이 있네. 이대로 다 묻어두기엔
의문점이 너무나 많아."
"혈령귀마입니다."

"아네."

"천하공적입니다."

"알고 있네."

고견이 굳은 눈빛으로 자신의 마음을 대신했다.

부러지지 않을 확고한 의지가 그 안에 있다.

'빌어먹을 늙은이.'

동방우는 고견의 눈빛에서 변하지 않을 그의 의지를 읽었다.

그를 설득하는 것은 불가능했다.

검으로 그를 꺾지 않는 이상 그는 마음을 바꾸지 않을 것이다.

고죽검.

해남검제라는 찬란한 위명 뒤에 꼭 따라붙는 고견의 또 다른 별호.

성격이 너무 강해 대나무와 같았고, 그로 인해 주변에 사람이 붙지 않는다고 해서 붙여진 별호이다.

"저자를 데려가고자 하네. 이해해 주게."

[준이 너는 저자를 챙겨라. 숨이 끊어졌다면 모를까, 붙어 있다면 내 저자에게 할 말이 많구나.]

[네, 조부님.]

고준이 고견의 뜻을 받아 설운을 향해 걸음을 옮겼다.

"천하의 공분을 살 수도 있습니다."

"알고 있네."

"어르신의 명성에 해가 미칠 수도 있고요."

"잘 알고 있네."

고견의 뜻은 확고부동했다.

동방우는 손을 내릴 수밖에 없었다.

백의인들에 고견까지. 더 이상 진행하는 것은 득보다 실이 많을 것이다.

*　　　*　　　*

고준이 설운에게 거의 다 다다랐을 때, 그의 앞으로 백색 실선이 하나 그어졌다.

옥유경이었다.

"아니!"

백색 선이 잠시 사람의 형체를 띠더니 다시 선으로 화해 멀리 사라졌다.

누워 있던 설운 또한 사라졌다.

실로 눈 깜빡할 사이의 일이었다.

'저 사람은?'

고준이 설운을 데려가는 사람의 뒷모습을 보았다.

면사를 쓰고 있었지만 잠시 마주친 두 눈에서 그가 누구인지 알 수 있을 것 같았다.

고견이 이제는 점이 되어 멀어져 가는 옥유경을 하염없이 바라보았다.

아름답던 그녀의 얼굴이 떠올랐다.

*　　　*　　　*

금은보석의 장신구는 더럽고 악취 나는 석실 안과는 어울리지 않았다.

하지만 단목휘에게는 그 둘이 같은 것이었다.

"역겨웠소. 뒤에서 수군대는 소리는 참을 수 있었지만, 이따위 것을 이용해 조금이라도 본모습을 숨기고자 애쓰는 내 스스로가 너무나 역겨웠소. 하나 덕분에 이렇게 사부를 모시고 사제까지 극락으로 보내주게 되었으니 그 보상은 제대로 받았다고 생각하오."

단목휘가 노인의 앞으로 바짝 다가갔다.

감고 있는 노인의 얼굴을 바로 코앞에서 들여다보며 하얀 이를 드러냈다.

"훌륭하지 않소? 나는, 바로 당신의 제자 나는 당신이 평소 말하던 그 이상으로 잘난 놈이었다오."

기이하게 일그러진 단목휘의 얼굴이 차가운 기운을 마구 뿌려댄다.

사부이기 이전에 원수이고 적인 그에 대한 숨길 수 없는 적개심이 표출된 것이다.

하나 그 기운은 곧 사라지고, 단목휘는 원래의 모습으로 다시 돌아왔다.

"천하는 영웅을 맞을 것이오. 한 사람의 영웅 앞에 자신들의 모든 것을 내놓을 것이고, 천하는 그 영웅의 이름 아래 하나가 될 것이오."

단목휘가 천천히 걸어 철문을 향했다.

하고픈 말은 이제 다 했다.

그리고 노인을 다시 볼 일은 아마 없을 것이다.

철문 앞에서 선 단목휘가 노인을 다시 돌아보았다.

가진 자의 여유가 담긴 웃음이 그의 얼굴에 있다.

"그리고 그 영웅은 모든 것을 나에게 바칠 것이오. 그게 이 이야기의 결말이오."

단목휘가 돌아섰다.

"잘 있으시오, 사부."

단목휘가 석실을 나섰다.

끼이익, 쾅!

문이 닫히고 석실엔 다시 어둠이 내렸다.

주인 잃은 장신구들이 어둠 속에 함께 묻혀갔다.

뚜벅뚜벅.

발걸음 소리가 멀어져 간다.

가늘게 들리던 발소리가 완전히 사라지고 정적만이 남았다.

텅빈 석실.

"크크크크크."

정적을 깨우며 낮은 웃음소리가 들려왔다.

노인이었다.

노인이 감은 눈을 떴다.

투명한 눈동자.

세상의 모든 악을 다 담은 듯한 무색투명한 눈동자에 파리한 빛이 어른거린다.

"너는, 멀었다."

사슬에 매달린 노인이 고개를 들었다.

"세상은 네가 생각하는 것보다 더 복잡하게 얽혀 있는 것을……. 너의 계략이 천하를 다 속여도 그 끝은 이미 정해져 있는 것을……."

뜬 눈을 살짝 감으며 노인은 고개를 치켜들었다.

"너는 백(百)을 알았지만 세상엔 수백, 수천의 것이 더 남아 있음을 너는 모를 것이다."

단목휘가 노인을 조롱하고 비웃었듯이 노인 또한 단목휘를 비웃고 조롱했다.

"그나저나 지겹군. 혹시나 새로운 재미가 있을까 했더니 별로야. 이 짓도 오래 할 것은 못 되는구나."

노인이 입가에 차가운 웃음을 머금었다.

"그만할까?"

투명한 동공 속으로 붉은 불길이 치솟았다.

초췌하고 병약하던 모습은 이미 사라지고 없었다.

좁은 석실을 마기로 가득 채우며 노인이 시뻘건 웃음을 토해냈다.

『천예무황』3권에 계속…

도시의 주인

말리브 장편 소설

FUSION FANTASTIC STORY

말리브 작가의 신작 현대 판타지!

죽기 위해 오른 히말라야.
그러나, 죽음의 끝에 기연을 만나다!

『도시의 주인』

다시 한 번 주어진 운명.
이제까지의 과거는 없다!

소중한 이를 위해! 정의를 외친다!

Book Publishing CHUNGEORAM